词学宗师

夏承焘

陆坚 著

浙江教育出版社·杭州

浙江文化艺术发展基金资助项目
PROJECTS SUPPORTED BY ZHEJIANG CULTURE AND ARTS DEVELOPMENT FUND

杭州市文联文艺精品工程扶持项目

▲ 1922年，夏承焘先生摄于西安。

▲ 1981年，夏承焘先生摄于北京朝阳楼寓所。

▲ 夏承焘先生与夫人吴无闻。

▲ 1961年11月2日下午，夏承焘先生在西湖游船上给助手和文学专业研究生讲课后，去花港观鱼东门内蒋庄拜访马一浮先生。此照摄于马先生蒋庄寓所内长板桥。右三马一浮先生，右一夏承焘先生，右二汤新祥，右四水渭松，右五陈翔华，右六田葆蓉，右七陆坚。

▲ 这是中国科学院浙江分院语言文学研究室的唯一一张集体照，于1961年11月7日下午摄于夏承焘先生杭大新村寓所右侧。

第一排左起：蒋礼鸿先生、蒋祖怡先生、胡士莹先生、王驾吾先生、叶克先生、夏承焘先生、姜亮夫先生、孔成九先生。

第二排左起：宋夏心、章楚藩、薛恭穆、汤新祥、张金泉、田葆蓉、孔镜清、陈荷花。

第三排左起：郦亭山、陈强华、陆坚、水渭松、郭在贻。

▲ 1963年5月夏承焘先生应邀赴北京大学讲学结束后，季羡林先生特为送别。这是二位先生临别时的留影，摄于北大朗润园专家招待所前。左一季羡林先生，左二夏承焘先生，左三陆坚。

夏承焘先生为陆坚题的字。

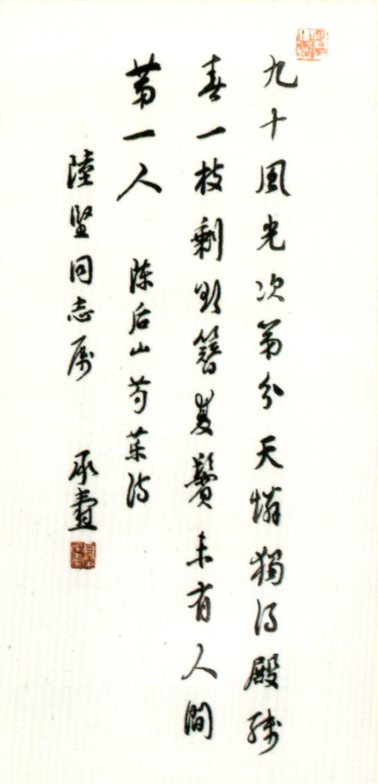

1984 年 12 月5日“夏承焘教授从事学术与教育工作六十五周年庆祝会”前夕，夏承焘先生与陆坚摄于夏先生北京团结湖寓所。

▲ 温州市登选坊66号，夏承焘先生旧居。上图为旧居内景，下图为旧居文物保护碑。

▲ 1988年5月12日上午，杭州大学与淳安县人民政府在千岛湖羡山岛联合举行夏承焘先生陵墓落成仪式，摄此合影。前排右五吴无闻先生，右六吴常云先生，右七徐步奎先生，右三陆坚；后排右五吴熊和先生，右六朱宏达先生。

▶ 夏承焘先生陵墓。

引　言

近代中国，命途多舛。在社会激荡剧变的大潮中，一批又一批读书人，通过不同的道路，以自己特有的方式，救续传统文化，探究科学真理，潜心致用之学，追寻强国之梦。无论境遇如何坎坷多艰，总是孜孜不倦，百折不回，矢志不渝，乐此不疲，以自己创造性的努力，推动学术发展。

著名词学家夏承焘教授，就是其中一位有代表性的学者，一位个性鲜明的传统文化大师。

夏先生数十年如一日，钻研词学，继往开来，成就卓著；他谦抑宽厚，润物无声，为人低调；他得到社会的广泛赞誉和学界的高度推崇，勋业蜚声海内外，“赢得生前身后名”。

夏先生生前，由杭州大学等全国八家单位联合发起，于1984年12月5日在北京全国政协礼堂隆重举行了“夏承焘教授从事学术与教育工作六十五周年庆祝会”。与会的党政军领导、学者、教授、新闻界及文艺界人士，都高度赞扬了夏先生一贯表现出来的爱国热情和高风亮节，在学术和教育工作上的杰出贡献。与会的外国学者还赞扬夏先生在学术上的成就“不但是中国的,也是世界的”,“是会永远不朽的,永远光辉的”。中央电视台在次日的《新闻联播》节目中对庆祝会作了报道,新华社发了消息。

国家有关领导还给大会发了贺辞、贺诗。

时任中央政治局委员的胡乔木同志在贺辞中称夏先生为“文坛先进,词学宗师”。

时任全国政协副主席的叶圣陶先生特为大会发了《庆祝瞿髯老友从事学术活动六十五周年奉呈四绝句》的贺诗,其四有云:“感慨音多类宋贤,欣然纵笔例无前。全编情调分明异,界划鸿沟四九年。”

夏先生逝世后,1986年5月21日上午在北京八宝山革命公墓礼堂举行了遗体告别仪式。党和国家领导人习仲勋、乔石、胡乔木、张爱萍、赵朴初、叶圣陶等以及中央国家机关一些部委和文化界、学术界人士送了花圈。全国人大常委会副委员长周谷城、全国政协副主席杨静仁等有关方面负责人以及首都文化、学术界知名人士,杭州大学师生代表等向夏先生遗体默哀致敬。当日新华社发了一千五百多字的详细消息。

胡乔木同志特发唁电,说夏先生的逝世是:“词坛失一领袖,学界失一宗师。”

夏先生逝世后,《浙江日报》《杭州日报》都及时发了消息和悼念文章。

夏先生赢得如此崇高的“生前身后名”，这在当时文化界、学术界、教育界，似未多见。这是对一位德高望重的学术大师一生勋劳的公论。

目　录

第一章　自学成才的著名教授

夏承焘先生，字瞿禅，晚号瞿髯。1900年2月10日（清光绪二十六年正月十一日）生于温州永嘉城区（今温州市鹿城区）。早年读小学，与同窗郑振铎等相友善。1918年毕业于晚清国学大师孙诒让所创办的温州师范学校，其成绩优异，深得老师赞许，但因家庭经济困难，未能报读大学。

据说，夏先生的上代累世都是小商小贩，是为士大夫之流所歧视的市井小民。其父经营布业（实为卖布小贩），资本不厚，而家中人口较多，常有入不敷出的窘况。他曾亲眼看见母亲卧病在床，因为没有钱买药，一家人坐立不安。他还常常看见长辈遭受被催债之苦，特别是一到年关，讨债者几乎不绝于门。为了避免新年被讨债的不吉之意，全家人有时被迫拖到半夜之后才能吃年夜饭。到了成年之后，家中当初生活的困窘之状，还常常浮现于夏先生眼前，或出现于他梦中，甚至有时使他从梦中惊醒。

为了摆脱贫商的苦境，夏承焘的父亲很想把儿子培养成读书人，但又无力供两个儿子同时读书，故很长时间心中踌躇不定，十分为难，常找友人商量。据说夏承焘两三岁的时候，头上生了异疮，昼夜哭闹不停。有一位姓金的长辈，抱他朝门外走，他见到门两边的对联，即破涕为笑，而且盯着对联上的字，目不转睛。这位长辈感到很惊奇，对他父母讲："这么小的孩子，就喜欢看字，将来必定会读书！"他父母听了心里乐滋滋。他六七岁时，有一天，父亲的一位老友来家里做客，问他："你喜欢读书吗？"他立即答道："我喜欢读书！我要读书！长大后要做一个顶顶有学问的人！"这位长辈见他有大志，便拉他到面前仔细端详，忽然发现他右耳轮廓中比常人多一个弯弯，觉得此子有点异相，便开玩笑地说："耳为聪，有异相就一定聪明。你好好读书吧！"他父亲听了很是高兴，于是决定让他读书。他哥哥夏炎生也自愿放弃求学，随同父亲经营小本生意。

每当回忆起当年读书的往事，夏先生总是感激不已："如果不是哥哥牺牲学业，我哪能安心读书做学问！"这些往事就像一条无形的鞭子策励他发奋努力。

既无家学渊源，也非官宦缙绅之后，又无经济实力，更没有社会背景，在当时的历史条件下，夏承焘要达成从小立下的志向，做一个"顶顶有学问的人"，就只能靠自学，走一条艰难而坎坷的自学成才之路。

一　焚膏继晷

夏承焘认为，书籍是不会说话的好老师，要在自学道路上奋进，就要刻苦攻书。黄卷青灯，日夜研读，甚至在上学的路上也记习吟诵。他在十五六岁时，《十三经》中除了《尔雅》以外，都一卷一卷地背诵过。有一次，他背得太疲倦了，竟然从椅子上扑倒在地。他坚持每天看书，几十年从未间断。自己无钱买书，就从图书馆和同学、朋友处不断借书，每有一书到手，不论难易，首先计算何日可读完，然后夜以继日地苦读，再借下一批书。

温州瑞安黄仲弢先生的蔘绥阁有很多藏书。20世纪20年代初，蔘绥阁的藏书转移到温州籀园图书馆。夏承焘得知后，就去图书馆旁边，专门租了房子住下，天天去借书看，几乎把蔘绥阁的藏书，全都翻看过一遍。

1927年9月，夏承焘先生应聘到严州省立第九中学任教。这所中学原来是严州府书院，里面有州府的藏书楼。他到学校后，向校长借了钥匙，一个房间一个房间打开看，发现那里藏书很丰富，如涵芬楼影印二十四史、浙局“三通”、啸园丛书等，但多是杂乱地摆着，没有很好地整理。他主动向校长提出，除了每周上好十九节课外，他自愿整理这批书。于是校长就把藏书楼钥匙交给他了。在严州，他就又扎扎实实、如饥似渴地看了几年书。特别是许多有关唐宋词人行迹的笔记小说，以及有关方志，他都认真看了，几乎每天晚上都把重要的内容记入日记。这为他的代表作《唐宋词人年谱》等著作的撰写，打下了很好的基础。

对于几十年的清寒苦读，夏先生曾不无自嘲地说过：买书不如借书，借书不如抄书，抄书不如背书。

二 博取自益

对于有志于学术研究的人来说，光是苦读，光是向不说话的“老师”求教尚不够，还必须有会说话的老师指导，向更多的老师请教。在文明社会，任何一个人的成长，不可能没有老师；在任何一个人的一生中，老师都起着相当重要的作用。夏承焘先生在很多场合，曾反复说，他这一辈子最难忘的就是在温州师范学校读书时的国文老师张震轩先生。毕业时，夏承焘名列第十，张老师特意赠诗：“诗亡迹熄道沦胥，风雅钦君能起予。一发千钧唯教育，三年同调乐相于。空虚未许嗤欧九，奔竞由来笑子虚。听尔夏声知必大，忍弹长铗赋归欤！”殷切的勉励，深深地印在他的记忆中。

因为家庭的经济压力太大，夏承焘从温州师范学校毕业后，不得不在教师岗位上边工作边自学，千方百计地四处寻师，八方求教。1920年夏天，南京高等师范开办暑期学校，都是当时的新学巨子亲自讲课。夏承焘自费去旁听，在一个月内听了胡适的“古代哲学史”“白话文法”，梅光迪的“近世欧美文学趋势”，以及其他许多新课程。这些课程使他拓展了视野，开阔了胸襟，更激起了他求知的渴望。但怎样做学问？做什么学问？这是他20岁至30岁之间一直苦苦思索、犹豫不定的心事。他自己说“早晚枕上，思绪万千”。一会儿想搞哲学，对王阳明、颜习斋学说很感兴趣；一会儿想搞美术史，准备编著“中国美术大事表”；一会儿又想搞历史，曾一度发愿研究宋史，甚至想重新写一部宋代历史，并且花了五六年时间，看了许多相关资料，后来才知道这是个浩大的工程，绝非个人力量能完成，方才放弃。这期间他觉得自己有“贪多不精”的毛病。再经思考，根据自己平时的兴趣爱好和知识积累，他终于在30岁前后，确定专攻词学，并且从校勘和考订入手，但又觉得在当时“新学”“新文学运动”的潮流下有点“不入时”。但他认为“人生在世，能各发挥其一己之才性，何必阿附流俗，强所不能。我国文学待掘发垦植之地尚多，只看其方法当否耳，不入时何足病哉”。几经反复思考，他最后认定目标，目标一定，就迫切寻求名师指点。

1929年冬天，由友人龙榆生介绍，夏承焘开始与近代词学大师朱彊村先生通信。很快朱彊村先生就回信，在回信中朱先生肯定他“修学之猛，索古之精，不朽盛业，跂足可待”。为此，他深受感动，把朱先生的复信抄录在日记本上，经常翻开看看，不时激励自己。朱先生当时70多岁，比夏承焘年长40多岁，如此谦恭礼让，奖掖后进，使夏承焘更增长了问学的勇气。夏承焘把论词文稿寄去，朱先生都细心审阅。夏承焘的第一本词学专著《白石道人歌曲考证》，朱先生亲为题签。朱先生还邀约夏承焘去上海见面交谈。夏承焘与朱先生通过八九回信，见过三四次面。夏先生在回忆中说：“每次求教，老人都十分诚恳地给予开导”，“这对于我这个由自学入门的词学爱好者说来，实在难得”，“几十年来，这位老人始终给我留下深刻的影响”。

除朱彊村先生外，夏承焘请教问学的人还有吴梅先生。他们也是先通信，后见面。在写作《白石道人歌曲考证》过程中，夏承焘就曾向吴先生请教过，得到许多启示。后来他特地去南京拜访吴先生，可是吴先生彼时已离开南京到苏州。为了解决研究中碰到的疑难问题，他又特地赶到苏州。向吴先生当面请教，收益很大，同样也使他难以忘怀。此外，夏承焘还走访过夏敬观先生、陈匪石先生、马一浮先生等文坛前辈。

除向前辈学习请教，他还虚心向同辈学者学习，如上海的龙榆生先生、扬州的任二北先生、南京的唐圭璋先生，或是通信联系，或是当面求教，他们之间切磋学术的友好情谊，几十年如一日。

三　读记并重

对于自学者来说，除了呕心苦读、转益多师，还要靠自己不懈的精思勤记。苏东坡在杭州为官游览孤山时写过一首诗说：“作诗火急追亡逋，清景一失后难摹。”一有灵感，就要像追逐逃亡的人那样，马上记下来。做学问也是这样，一有感触，必须立即写下。纪昀《阅微草堂笔记》中也说：“或得一联一句，率不成篇，境过即忘，亦不复追索。”夏承焘先生认为，长期坚持写笔记，所获取的东西就能深深地留在脑海里，需要的时候，就会纷纷涌至笔端，听候调遣。同时在写笔记的过程中，思想不可能不有所触动，势必对所听、所记的东西动脑筋思索一番，这样既加深了理解，也加强了记忆。夏先生曾告诉学生，有时他半夜偶然想到什么，或者梦到什么，常常立即开灯记录下来。他还举例说，史学家章学诚的《章氏遗书》中有一段话这样说，“读书如不立即做笔记，犹如雨落大海，毫无踪迹”。他受这种启发，一生中写了很多很多笔记。如何做笔记，他概括成三字诀：小、少、了。

所谓“小”，是指笔记的载体要小。刚开始时，他把读书心得和见到、听到、想到的统统记在一本大本子上，结果不易整理，不易携带，很不方便。后来改用小本子，装在口袋里，随时随地可记，容易携带，便于整理。一事写一张，就可做卡片用。有时他走在路上，突然想到或见到什么，就马上向路边的小店讨张纸记一记。有时他住在旅馆，突然想到或见到什么，就把台历撕下来记一记。他衣袋里经常放着一些小纸片，也随身带着钢笔。

所谓“少”，是指笔记的文字要少而精。做读书笔记不是摘录，而是要通过自己思考，反复咀嚼，然后才落笔，切不可不分主次拉杂乱写。陆机《文赋》中有两句话：“倾群言之沥液，漱六艺之芳润。”这本是说做文章，但夏先生以为做笔记也应有“倾沥液”“漱芳润”的功夫。思想懒汉不肯思索，只知一味抄书，抄了一大片，却不能化为自己的东西，结果徒劳无益，浪费时间。顾炎武作《日知录》，自比采铜于山，往往数月数年只成数条，可见精炼之功。虽然每一条笔记字数不可太多，但条数却要记得多。每一个问题要陆续记许多条。一个小条孤立地看不成学问，将许多条汇集起来，就可成为一个专题，也可将之扩充为一篇论文。顾炎武的《日知录》、钱大昕的《十驾斋养新录》、王念孙的《读书杂志》，都是这样做成的。

所谓“了”，是指笔记的目的是为了解决实际问题。记下一个问题，应经过多次思考，作彻底的了解，有时甚至要经过漫长时间才会有更近于正确的认识。浅尝辄止，半途而废，便前功尽弃。戴震说过一句话，大意是，第一流的老师教不出第一流的学生，第二、三流的老师却可以教出第一流的学生。为了这句不太好理解的话，几年内，夏承焘先生记了好几次笔记，也与朋友讨论过好多次。后来反复思考，他体会到老师不以第一流“权威”自居，不以自己学术的框框限制学生，学生才会超过老师。基于这种认识，他在做笔记的基础上写成一篇文章叫《火气与光辉》。这虽然是一篇小文章，却是他好几年笔记积累的成果。

做笔记不是做“抄书匠”，要有明确的目的，是为了应用，为了做学问而做笔记。清朝绍兴有个骈文家叫胡天游，他很勤于做笔记，据说他死后，家人从他的枕头边发现了一个纸篓，里面全是小字条，上面都是蝇头小楷，记的都是冷僻典故。他每天临睡前都要将一些字条温习一遍。这样的功夫，不可说不勤，但这种做法实际上没有什么意义，死记这些冷僻典故，只是为了炫博矜奇，谈不上是什么有用的学问。夏先生认为做笔记，即使记一个典故，也必须记那些在学习、研究过程中会发展的东西，即所谓“会发酵”的知识，而不是记“知识的流水账”。有人说“读一书，写一文，了一事”，他认为这也是很有道理的。夏先生不仅勤于记笔记，还在适当的时候精细地分门别类整理笔记，以备随时检阅和运用。

值得特别提及的是，夏承焘从十六七岁开始记日记，题名《退思录》，至八十七岁逝世，七十年没有间断过。他所记内容包括读书、撰述、游览、诗词创作、友好过从、函札商磋等一生的治学心得和学术活动。从某种角度看，这也是他七十年的治学史。如果他散落的一些日记，能收集齐全，日记总规模可能会超过500万字。这在当代学术界恐也不多见。

四　虚怀若谷

夏承焘先生从不以"权威"自居，从不标榜自己聪明，反而经常说自己"是个天资很低的人"，说自己是个很"笨"的人。说"笨"这个字很有意义，头上顶着竹册，就是教人要用功，用功是人的根本。说"笨"是他治学的本钱，所以他平时谦虚自抑，不耻下问。

他在太炎文学院教书期间，有一年，学生毕业前夕编毕业纪念册，请老师和同窗题词留念。有一位学生为同学题词时，引用了宋朝江西诗派诗人陈与义的两句诗："正待吾曹红抹额，不须辛苦学颜回。"夏先生看到后，马上问题词的学生：这句子出于何典？这题词的用意是什么？同时掏出怀中小笔记本将对方的回答记录下来。

抗战期间，他在浙江大学龙泉分校任教时，有位学生对他说："自遇老师以后，乃见智慧之光……他日得以立身为人，决不忘师恩。"他却连忙制止他说下去："不用说这些，你坦直地说说我的缺点和不足吧！"那学生说："您平时对学生太宽容了，有时要严格一点，才有利于长进。"夏先生听了哈哈大笑。

夏先生常常欢喜把自己写的诗词抄寄给朋友和学生，请他们"教正""郢正"，提批评意见。他有一个习惯，写好论文，在没有报刊催促的情况下，总欢喜让学生先看看，提提意见之后，再修改，然后才寄出。

他还有一个做法很独特，就是在他的代表性著作《唐宋词人年谱》《姜白石词编年笺校》后面附有《承教录》，专门收集各方面对著作的批评意见，对于那些赞许的话，一句也不收录进去。比如，"此书问世一年，屡荷四方读者惠书督诲。惠州张凤子先生、北京王仲闻先生，皆未尝奉手请益，乃承费日力为细校再过，各举谬误多处，盛意尤可感激。张先生尝赐长函论吴梦窗生卒，兹登二通于吴谱后。其他交好纠缪补阙之辞，已录入谱中者，不复一一称谢。他日续有承教，当依次登录，一字之锡，皆吾师也"。"一字之锡，皆吾师也"，大度能容，何其难得！

20世纪60年代，浙江麻纺厂有一位退休老工人，对夏先生的《唐宋词人年谱》《姜白石词编年笺校》等著作中的引文进行细致校对，发现其中由于版本不同出现一些缺字、错字或是衍文，都将其抄寄给夏先生。他看了很高兴，立即写了回信道谢。过了一段时间，他还特地去卖鱼桥那工人师傅家面谢，并送去报酬，还仔细询问他所依据的古书版本和藏书单位及个人。

第二章　疾恶向善的爱国学人

夏承焘先生热爱祖国，毕生追求进步，崇尚正义。1917年6月11日，18岁的他在日记中表白心志：

> 噫！予生性驽钝，年已弱冠而尚屑琐自牵，虚度韶光。视诸古人，既不能如终军之称缨，为国家建勋立业；又不能如李长吉之赋《高轩》，王子安之赋《滕王》，以文章见重公卿。乃上蒙先人虚许如此，实所不解。谨述之于斯，其亦以之当座右铭，勤励来日，虽不敢望必达金公之言，希幸不致一无闻于世，与草木同腐焉也可。

他还深慕陈亮抱天下志之气概！从旧社会到新中国，夏先生走的是许多正直、爱国的知识分子所共同走过的道路。作为学者，他不只是埋头于宁静的书斋和浩瀚的书海，而是从青年时代起，就一直以饱满的政治热情关心现实，与时俱进。

一　口诛笔伐

夏承焘19岁时，五四运动爆发，他曾组织“十人团”，发动学生作爱国宣传。九一八事变后，他走出书斋，参加教职员工组织的“抗日会”，并在日记中立誓不买外国货。他与学生一道上街查禁日货，还以之江大学文学系主任的身份在上海发起纪念龚自珍逝世的“百年祭”，纪念这一要求抵抗外侮、力主“更法”的思想家、文学家，他曾经想放弃词学，改攻政治经济拯世之学，以投身救亡图存的斗争。

抗日战争全面爆发之后，夏承焘随之江大学迁到上海。当时南京国民政府政治腐败，通货膨胀严重，汪伪政权用封官许愿、威胁利诱等手段拉拢知识分子为其张目。眼看汪精卫伪政权卖国投敌，充当了可耻的汉奸，夏承焘作词谴责，在《鹧鸪天》下片中写道：“持涕泪，谢芳菲。冤禽心与力终违。衔山填海成何事，只劝风花作队飞。”“冤禽”，就是影射汪精卫。《述异记》中说：“炎帝女溺海，化精卫，一名冤禽。”夏先生批判汪精卫逆历史潮流而动，必将身败名裂。当时他有一名旧友投奔了汪精卫，给夏先生写信说：“希望你赶快来，汪先生是知道你的。”夏先生当即回信说：“你说投奔汪精卫是为了糊口，那你就在南京吃你的饭算了，不许你再开别的口。”他还作词表达自己的决心，在《玲珑四犯·过旧友寓庐感事》（1940年上海作）中，写道：“待东窗换了颓阳，才许袖罗重把。”意思是，你要和我见面吗？等着东窗见到夕阳时再说吧！表达了决绝之意。“东窗见夕阳”同古代民歌中所说的“白日参辰现，北斗回南面，水面上秤砣浮，直到黄河彻底枯”一样，都是不能实现的。对汪精卫之流这种“招邀”，夏先生严加斥责，毅然决然地退居浙南雁荡山，过着十分清苦的生活。为了发扬民族气节，振奋民族精神，他还特地编选了一本两宋爱国词人的作品，以具体的爱国史实作笺证，题名《宋词系》，用以教育青年学生，激发民族正气。其《前记》云：

> 芦（卢）沟桥战役起，予方寓杭州纂乐府补题考，书成而杭州陷，顷者避地沪渎，寇氛益恶，惧国亡之无日，爰取宋人词之鼓舞人心、砥砺节概者，钩稽史事为之注，以授从游诸子，并取诗大序“一国之事系一人之本”，名之曰《宋词系》。

二 挺身问罪

夏承焘先生的足迹随着时代而前进。抗战胜利后，他一面抨击国民党的反动统治，一面参加民主运动，热情迎接新中国的诞生。浙江大学爱国进步教授费巩先生，是竺可桢校长大胆聘请的非国民党员的训导长。他公正刚直，胸襟坦荡，对品德好的读书人看得很高，对教书育人看得很重。他尽力为学生谋福利，奉行“为政不在多言，但亦不能空言”。他主张“对待学生要以德服人，不能以力服人，用感化而不用压力”。他极其痛恨反动政府的腐败无能，上课时经常慷慨陈词，怒斥国贼，认为欲图救亡，必须锄灭四大家族，深得学生的敬重。抗战胜利前夕，昆明西南联大、遵义浙大等校先后掀起反对四大家族的“倒孔（祥熙）运动”。在此期间，费巩先生应邀到重庆北碚复旦大学讲学，离开重庆时，在第一码头被秘密抓捕，遭国民党政府“中美合作所”的各种酷刑折磨。为遮人耳目，国民党特务杀害费巩先生后，竟惨绝人寰地将其投入硝镪水池里毁尸灭迹！浙大师生获悉费巩先生“失踪”的信息后，群情激愤，不顾当局禁令，以罢课来抗议反动政府。为了尽快营救费巩先生，夏先生签名致书反动当局，笔伐问罪，得到浙大进步师生的积极支持和广泛好评。

但当时也有人担心他的安全，他特写《放顽》诗，再次表明自己的心迹，“浙大师生写帖索还费巩教授，予署名其间，戚友或为予危，作此示之”：

一士头颅索不还，千夫所指罪如山。
乌峰埋骨宁非幸，白简临门要放顽！

诗的前两句，愤怒鞭挞国民党残酷杀害费巩教授的滔天罪行。后两句表白自己为伸张正义、追求光明，而置个人的危难于不顾。当时夏先生住所临近西湖紫云洞的乌石峰，第三句“乌峰”指其寓庐。古代弹劾文章写在白纸上，即诗中所说“白简”。

1947年，解放战争正激烈进行，国民党政府独裁专制，祸国殃民，贪污腐败，到处迫害进步人士。是年10月29日，浙大学生自治会主席于子三惨遭杀害，全国各大城市如南京、上海、杭州等地学生高举“反饥饿、反内战、反迫害”横幅，愤起举行大规模游行。浙大师生奋不顾身地走上街头示威，中文系师生排在前列，夏先生与其他老师不畏强暴、不怕风险，挺身走在游行队伍的最前列，他手擎小旗，高呼口号，给学生们留下很深刻的印象。

三　翘首旭日

在那暗无天日的时刻，夏承焘先生读到《西行漫记》，对共产党和无产阶级革命家的英雄气概和大无畏精神非常佩服。得知解放军已横渡长江，他欣喜异常。有一天，他四更天就起床，“从孤山独行至断桥”，随即写了一首《洞仙歌》，词的上片描写西湖夜景之美，下片抒发感慨之情。词中提及贾似道之流修建半闲堂游宴玩乐而导致南宋灭亡，隐含对当时国民党独裁统治的谴责。继而借景抒怀，时至四更，东方已经朱霞灿烂，新中国即将如一轮红彤彤的旭日，喷薄而出。在另一首《鹧鸪天》词中他又写道：“十洲梦觉春雷动，花事今年看崭新。”当时解放大军已威武南下，新中国即将以崭新面貌出现，他的喜悦之情溢于言表。在同时写的《玉楼春》词中，他以“苏堤车马休相召，寒食清明都过了”，表达了对国民党统治区名利场中角逐者的鄙视和厌恶。“应信明朝春更好”，表达对新中国未来美好生活的热情向往。

杭州一解放，夏先生就满怀激情地写了《杭州解放歌》，欢呼杭州的新生。和古人一样，他以黄河水清作为太平祥瑞的象征，写下“老来幸事见河清”，庆幸自己生逢其时。又云“半年前事似前生”，以杭州的解放，作为自己前半生的结束、后半生的开始。

在党和国家的关怀与重视下，夏先生精神焕发，努力工作。50年代初，他激动地说：“我五十多岁了，应该发奋工作。以后一年的工作，可以抵以前的十年。”60年代初，他又说：“我六十岁了，要把有限的精力，用在对社会、对国家最有用处的工作上。”

和不少正直的知识分子一样，夏先生务实守诚，加上他做学问的主要特点就是考证求实，一是一，二是二，不浮夸，不虚华，因此，他对现实中一度出现的浮夸不实之风，敢于直言批评。如在1957年、1958年“大鸣大放”的“大跃进”时期，社会上盛传“不怕做不到，只怕想不到”“人有多大胆，地有多大产”之类不切实际的口号，他对此表示不同意，写了一首诗贴到当时中文系总支办公室门外墙上，内容是“敢想容易敢说难，说错原来不等闲。一顶帽子飞上头，搬它不动重如山”。在破除迷信、解放思想的热潮中，学校提出让刚进大学校门的学生编写《中国文学史》，目标是“超北大”！在一次小组讨论会上，夏先生提出，刚进校门的大学生，古文还没有读几篇，写文学史恐怕不容易，“超北大”更难，不如改为“抄北大”。当时还有人提出要写一部全新的“红色文学史”，夏先生也坦诚地说，“书的封面是红的比较容易，内容都是红的，恐怕不容易”。

四　钦赞英豪

夏承焘先生对无产阶级革命家，对为祖国解放事业做出杰出贡献的人民英雄，一向怀有钦敬之情。在解放前夕最黑暗的时日，他曾冒着很大风险，认真阅读斯诺的《西行漫记》，对长征的“奇人，奇事，奇志，奇迹”，总是赞不绝口。夏先生平时欢喜看电影，尤其欢喜看国内战争题材的电影。中华人民共和国成立后，凡遇有反映抗日战争、解放战争的电影，他就叫助手或研究生提早到健身房南边的临时露天电影场（现浙江大学西溪校区启真名苑第8幢、第10幢所在地）先摆好凳子，以便有座位，看得清楚。对于电影中表现的共产党人和人民群众的英雄气概和献身精神，他总是感佩不已。有些电影第二次放映时，他还要去看，如《狼牙山五壮士》《董存瑞》《吕梁英雄传》《万水千山》《地道战》《铁道游击队》等，他都看过两遍。

无产阶级革命家、诗人陈毅同志曾于1962年在上海、1963年在北京，两次会见夏先生，他们一起评诗论词，“话头多合”，并且约定“年年今日为此会”。这使夏先生深受鼓舞，他常对学生说，在这样的无产阶级革命家领导下，知识分子真是精神振奋，信心百倍！

夏先生对毛泽东主席更怀有崇敬之情。作为词学家，他这种崇敬之情的表现形式之一，就是对毛主席诗词的高度评价。平时人们向他请教有关毛主席诗词方面的问题时，他总是热情而谦虚地作答，他评论毛主席词最多最概括的一句话是“中国千年词史的新光辉”。1964年5月，杭州大学庆祝建校36周年校庆前夕，夏先生写出一篇两万多字的长篇论文《毛主席词绎论》，这可能是他写的最后一篇宏文大论，集中表达了他对毛主席词的崇高评价。根据这篇论文的基本精神，他在校庆期间还对全校师生作过一次专场学术报告。

作为词学家，夏先生主要是从词史的回顾和对比的角度论述毛主席词的杰出成就的。他认为，词这种文学，因为起于民间，所以初期的民间作品对社会现实有相当广泛的反映。唐人《教坊志》记录当时教坊所唱曲名，如〔舍麦子〕〔挫碓子〕〔渔父引〕〔拨棹子〕〔破阵子〕〔怨胡天〕等，很可能与农民、渔民、士兵的生活有关。这种文学到文人手中，逐渐走了样。中唐的张志和，用劳动渔民歌唱的曲调来抒述士大夫逃避现实、向往闲散生活的心情，写出了一首著名的〔渔歌子〕。晚唐五代以温庭筠为代表的文人词，成为贵族豪门娱宾遣兴的工具。北宋苏轼始一扫《花间》《尊前》的陈套，别立豪放一宗，前人称他“情性之外，不知有文字”（元好问《新轩乐府引》）；然而他所抒写的大半还是个人感情，反映社会现实的并不多，因此也不能扭转整个词坛婉约柔靡的风气。南宋辛弃疾的爱国词，无论思想、艺术，都可以说达到两宋词家的最高水平，可是在他的《稼轩长短句》里，还有不少消极颓废之作。至于柳永、秦观、周邦彦一派的作家，大都远远地脱离社会现实，重新堕入《花间》《尊前》的窠臼，那可不必提了。

> 主席运用这种旧文学形式来反映无产阶级革命的现实，抒写改造世界的雄心大志，开创了词史的崭新面貌，即使偶有个人抒情之作，也都与时代脉搏同跳动。如那首〔菩萨蛮〕《黄鹤楼》，作于1927年武汉革命政府成立之后，由于蒋介石对革命的叛变和陈独秀右倾投降的路线，给革命带来很大的危害。但与此同时，上海工人正举行三次武装起义，以湖南为中心的全国农民运动也广泛地开展。就在当年3月，主席写出洋溢着革命激情的《湖南农民运动考察报告》。在这个风云变幻的大时代，主席登高舒啸，展望革命的前途，正如长江巨浪，一浪高过一浪。这词结句所谓“把酒酹滔滔，心潮逐浪高”也许就是概括这首作品的伟大的时代背景。

夏先生认为，读主席反映革命现实的词作，无异读一部中国人民革命、建设的历史，而且富有浪漫的想象，十分激动人心。前人称杜甫的诗为“诗史”，主席的词就是现代无产阶级革命的“词史”。主席以词作为直接参加政治斗争和革命战斗的武器，唤起人民群众的革命力量，这在词这种文学上是前所未有的。

五代北宋人开始以豪门宫廷娱宾遣兴的小词，作为个人抒情的工具，写他们的身世哀乐和政治遭遇，使它与抒情诗有同等的地位，这是词史上一个新阶段。南渡前后，爱国志士张元干、张孝祥等，拿它参加政治斗争，反对统治集团的投降政策，支持李纲、张浚诸人的抗战主张，写下许多散发爱国主义光芒的作品，这是又一大步的提高。南宋中期，陈亮以他的政治议论入词，更在词坛上大放异彩；当高宗初死之时（宋高宗是当时抗金作战问题上的一个绊脚石），陈亮即上书孝宗主张北上征伐，又奔走浙、赣之间，要招邀辛弃疾、朱熹出山作为抗金的旗帜；在江西鹅湖与辛弃疾会谈之后，两人作了几篇酬答的〔贺新郎〕，都是南宋爱国词中不朽之作。但是他们的作品都有很大的局限性：他们跳不出士大夫阶层的圈子，只是希望政治上出几个有声望的人物，来担当这抗金大业，而看不见人民大众的力量。这是阶级局限（辛弃疾早年在山东随农民领袖耿京起义，耿京被杀害后，辛弃疾不北投太行山义军山寨，而渡江依靠赵构集团，就是他的阶级局限性的明显表现）。他们的作品也反映了这种阶级局限性。辛弃疾、陈亮的词都用了大量的典故，他们为号召抗金作战而作的几首〔贺新郎〕亦复如此。这是人民大众所看不懂的，自然不能鼓舞人民的力量，他们号召抗金的愿望，也就终于成了泡影。他们这些作品，还不免是骚人墨客旧意识的产物，实不是为人民而作的。回顾旧时代文人多少脱离现实的词篇，苍白空虚的内容，使这种文学日渐走向没落的道路，而主席以革命的激情，广阔丰富的社会现实，给予这种文学光和热，使它出现崭新的境界，成为词史的新光辉。

曾经有人说毛主席是“余事作诗人”（引韩愈的诗句）。夏先生一向明确表示不同意这种说法。他在论文中提出：

> 主席是伟大的革命导师，同时又是伟大的诗人，诗就是他的革命武器，就是他的革命事业的一部分，并不是“余事”。韩愈说他自己以诗为“余事”，意思是说他的正经事业是传孔、孟的道统，这是为封建统治阶级服务的思想。后来陆游也说“工（功）夫在诗外”（《示儿遹》），这话的背后有他的“平生余一念，河洛尚胡尘”的匡复意志，他的思想性是高出韩愈多多了，但是由于时代的局限，他也不能真正看见人民伟大的力量，所以他的诗篇尽管在后代有不小的教育意义，但对当时的匡复事业却不曾起多大作用。元人林景熙有一首题放翁诗集的七古，结句说“来孙真见九州同，家祭如何告乃翁！”这真写出这位老志士赍恨九原的痛心之情。这痛心话的根源，是旧时代爱

国志士不可能看见当时人民的力量。

主席为工农大众写出革命的诗情，以马克思列宁的革命真理唤起不可战胜的人民力量，才能成就这翻天覆地的事业。“国际悲歌歌一曲”“不周山下红旗乱”，这何尝是诗人的“余事”，诗就是他翻天覆地事业的一部分。

夏先生认为，词作为一种特殊的文学样式，一千多年来有过它光辉灿烂的历史。主席以词作为革命事业的一部分，作为直接参加政治斗争和革命战斗的武器，唤起人民群众的革命力量，这在词这种文学上是史无前例的。

词这种文学的特殊性，主要表现在它的音乐性。虽然它的唱法已经失传，但一部分普遍流行的词调，经过多年来作者的选择、加工而流传下来，人们依照字句音韵相配合的形式吟诵起来，仍然有它不同于五言、七言诗的特殊声调，仍然可以体会到它原来的音乐美。夏承焘先生认为现今一部分作词的人，对这种文学形式的处理，有两种各走极端的作法：一种是依照古人的作品，句句字字死守盲填；另一种是完全摆脱束缚，任意改动。这两种作法都难以令人同意：第一种作法是盲从古人，失其为我；第二种作法是破坏体制，失其为词。

夏先生在论文中指出，主席能创作出光照千秋的词作，与他深厚精湛的艺术修养分不开：

> 主席以旧文学形式写革命的新内容,对旧文体不能无所突破,突破是为了内容,这是革命精神。但是主席对这种文学有深湛的修养,能体会它的传统风格和它的音乐性,在“不顾”的突破之同时,又有“不苟”的继承,这是科学精神。这是革命精神与科学精神的结合。
>
> 词在民间初起时,它的字句声韵原相当自由,没有固定的形式;即使在流入文士之手、形式逐渐僵化之后,苏轼、辛弃疾一派豪放作家,还往往增减字句,改变声韵以就内容。辛弃疾词的内容比苏轼更复杂,所以他有时突破形式的程度也大于苏轼,这是内容决定形式应该有的现象,是符合文学发展规律的。现在我们看主席词突破形式的地方更多于辛弃疾。

突破词的形式，最显而易见的是不拘字声平仄。夏先生列举主席词中的几种不同作法和原因：第一种如《菩萨蛮・黄鹤楼》的“黄鹤知何去”，《减字木兰花・广昌路上》的“赣江风雪迷漫处”等，这些字声本来不难调整，而主席在这些无关紧要处，无意多作琢磨。第二种如《沁园春・雪》中的“成吉思汗”，《水调歌头・游泳》中的“子在川上曰：‘逝者如斯夫’!”这是用人名或成语，都不可能调整平仄。第三种则是别有作意的，如《渔家傲・反第二次“大围剿”》中的“白云山头云欲立，白云山下呼声急”。这种用迭字、拗句来加强声容气势的，前人也有，如杜甫七律《白帝》，全首都平仄协调，只有开头两句用迭字、拗句，“白帝城中云出门，白帝城下雨翻盆”，也是为了增强大雨的声势。这样改变形式、声调，加强了内容的表现，增强了作品的力量。这不是破坏形式，而是提高形式；不是“不知”，而是“不顾”。

夏先生在论文中还说，大作家在“不顾”的同时，还有“不苟”的精神。人所共知的，大作家敢于“不顾”一切；人所不知或不注意的，他却一丝“不苟”。有人以为主席拿诗词作为革命斗争的武器和传播革命思想的工具，大气磅礴，该是只有“不顾”，而不见得有“不苟”。也有人以为，主席的词，思想性无疑是伟大的，只是文字声律上往往不合词律、词谱的要求。对于这些看法，夏先生都明确表示不同意，并且反复举例，申述自己的看法。比如：

> 填词要选择一个和所要抒写的思想感情最相配合的调子,并且要体会透这个调子的形式所构成的声情。这是填词首先要注意的。我们看主席三首咏山的《十六字令》:
>
> 这个调子全首只有十六字,是长短句词里最短的调子。前人填这个调子的很少(唐、宋、元、明四代不到十首),因为它形式短小,有些人嫌它不够抒写而不屑填,有些人又视为太容易了而“轻心掉之”,所以在这极少的作

品里，做得出色的更少……这个调子虽然只有四句十六个字，但是长短句的组织相当复杂：四句而用了四种不同的句法——一、三、五、七言，都是奇数，奇数字句本来比偶数字句多变化；一般说来，词调字句参差不齐的，比之均匀平整的，所表达的感情便不大同……我们看主席用这个调子写云贵高原的大山气势，多么动荡飞舞！这里试对它作些分析，来说明主席是怎样运用这个调子的声情的："山，快马加鞭未下鞍。惊回首，离天三尺三。"这首词主席自注用民歌"上有骷髅山，下有八宝山，离天三尺三。人过要低头，马过要下鞍"。词里写来却另用一种手法。民歌是说到山顶时怕头碰着青天，须下马低头而过；而词则是写过了山头之后，"快马加鞭"，向山下奔驰，初到山脚还"未下鞭"，这时回首看山，才吃惊地觉得山之高。这比之民歌说在山头见山高，用意较曲，便觉更有拗劲。杜甫从秦入蜀道中作《飞仙阁》诗有云："歇鞍在地底，始觉所历高。"正同这词的意境（近人解这词，说是骑马登山。我不同意）。又"离天三尺三"本是民歌的第三句，词里把它改换一个地位，移作结句，前面加"惊回首"一个短句，这五个字就更加精警了。

夏先生在对三首《十六字令》一一作过分析后，作小结说：

这三首《十六字令》,用最短小的长短句形式来写极雄伟的大自然形象,并写出无产阶级革命家的伟大理想。就《十六字令》这个调子说,它多年来被人轻视忽略,而现在在主席的笔下才发挥了它最大功能,为伟大的内容服务;这可能是这个小词调第一次被发现。这不是一般文士在文字上求工求胜所能做到的,这由于主席的革命斗争的生活感情,也由于他的艺术修养的"不苟"精神。"不苟"是我们学习和继承遗产的科学态度。主席词"不苟""不顾"的艺术风格,也同样指导我们怎样批判地继承一切遗产。

夏先生还认为,主席词的用韵或严或宽,并不一定,是"不顾""不苟"的结合。主席词有的词用韵和旧诗词韵本全合,有的不全合,但也是依照古来词家的成法的;如〔如梦令〕的入声韵和上、去声合用,辛弃疾已有此例;〔菩萨蛮〕《大柏地》的"纸"部和"麌"部韵同押,姜夔已有;〔十六字令〕〔渔家傲〕的开口韵和闭口韵同押,宋人更是不少;比较少见的是〔蝶恋花〕《答李淑一》的"麌""有"两部韵合押,〔西江月〕《井冈山》的"文""东""庚""愿"四部韵合押(〔清平乐〕《会昌》也以"峰"叶"溟")。这种较宽泛的押韵法,大抵是用方言。夏先生从前作《词韵约例》,引过元代洪希文的一首〔沁园春〕,用"红""纷"

“辰”“精”同押，正同于主席这首〔西江月〕的押法。洪希文是福建人，主席大抵是用闽、赣、湖南一带方音。唐代用诗考试，文人必须遵守官颁的韵本；词起于民间，本来多用方音，当时并没有一部共同遵守的韵本；所以唐宋民间词有以“余”叶“弦”“天”的，以“辔”叶“鞭”的，文人词也有以“者”“也”叶“杳”“小”，以“朵”“火”叶“岛”“帽”“小”之类。主席作律诗比较遵守旧诗韵，而写词则多叶方音，这是适当地分别运用旧诗和旧词不同的风习（他诗里所用的辞汇，和词里所用的也不尽相同）。夏先生认为，主席用方音来突破旧韵书，这原是“不顾”精神；对诗韵、词韵有不同的宽严程度，仍继承诗、词的历史风习，这又是“不苟”的态度。突破的同时而又有继承，这是“不顾”“不苟”的结合。

在《毛主席词绎论》中，夏先生以十分概括的语言，深情钦赞主席词的光辉成就：

词这种文学遗产，因为它的历史因素和音乐功能，一千多年来曾经不断为人们所喜爱。主席调动一切遗产的积极因素，与他调动政治上一切积极因素一样，是要改造它为革命事业服务的。主席通过自己创作的文学作品，教导我们对文学遗产的“不苟”“不顾”的态度。主席前无古人的作品，不仅为词这种文学开辟了广阔的崭新的局面，给予这种文学光和热，使它获得重新的生命，而且在如何利用旧形式为新内容服务问题上，为我们树立了光辉的榜样，主席前无古人的作品，是历史高峰上再耸起的新的高峰！

1976年，周恩来总理、朱德委员长、毛泽东主席相继逝世，给夏先生以极大的震动，使他连连悲痛失眠。他先后特地写了《水龙吟·总理周公悼词》、五律《挽朱德同志》、《昆仑曲（自制）·毛主席挽辞》。其中《水龙吟·总理周公悼词》中云：

昨宵海岳都惊，拏云千丈长松倒。当胸红旭，当年同画，山河杲杲。一代伟人千秋公论，六州此老。记西泠高会，灯边梦境，还制泪，温言笑。　　百万工农素缟，耐霜风学童翁媪。九关豺虎，重阍魑魅，公心了了。大地江河，送公归去，神游八表。但云端一哂，祁连高冢，任长风扫。

《挽朱德同志》五律云：

白昼落长庚，六洲海岳惊。
艰危思缔造，渊默见威灵。
犹欲援饥溺，何能洗甲兵？
千秋钟鼎在，余事以诗鸣。

《昆仑曲（自制）·毛主席挽辞》云：

环海欃枪，当衢虎兕，公先缚豚挥戈起。凭高叱咤动雷霆，一昆仑横空出世。　　老幼吞声，工农陨涕，三分世界风云际。遗编开阖放光芒，看唤醒六洲狮睡。

这些诗词都充分表达了夏先生对伟大的无产阶级革命家崇高人格的钦敬，对他们丰功伟迹的深情赞颂。

第三章　桃李天下的教育大家

据说，犹太人对教师非常尊敬。他们认为，教师比国王更伟大。只要学校在、知识在、书本在，犹太民族无论流浪到什么地方，都能生存下去，而且会更为强盛。夏承焘先生觉得这是很有道理的。

他对教育事业有特殊的感情，对教师这一职业特别钟爱。他常说做教师是平生最快乐的事，教书有无穷的滋味。平时在校园内或住宅区的路上，小孩看到他，常常叫他“爷爷”“外公”。他听了随即拉住小孩手说：“小朋友，叫我‘老师’。”于是，小孩又高声改叫：“老师好！”夏先生听了很高兴，再弯下身，摸摸小孩的头，哈哈大笑。

他18岁时，以优异的成绩从浙江省立温州师范学校毕业，因家庭经济所限，未能继续升学，到永嘉县立任桥第四高等小学任教。从19岁开始，他几十年如一日在教育岗位上“坐不厌冷板凳”。

一　喜乐杏坛

夏承焘先生说过，无论遇到多少不快之事，一走进教室，看到学生的笑脸，就什么烦恼都没有了。他从教六十多年，先后在小学、中学、大学、研究室（所）以及全国高等学校教师进修班任教。在大学阶段，他由普通教师到讲师，再到教授，曾讲授过中国文学、中国韵文选、专家诗、唐宋诗词、专家词、唐宋名家词选、《诗经》、《左传》、《国策》、《庄子》、《楚辞》、《乐府诗集》、《史记》、《汉书》、《后汉书》、《文心雕龙》、《文赋》、《修辞学》、《文史通义》、诗选、词选、曲选、骈文、中国文学史、中国诗史、中国文学演进的轨迹、普通文选、书法、工具书使用法等二十多门课程。他担任过小学校长，中学教导主任，大学教研室主任、系主任、研究室（所）主任等职务。

在大学工作阶段，除了担任本科生教学外，经教育部批准，夏先生自1953年起招收研究生。第一届（1953年入学）研究生是：庄严、杨芷华、何均地、赵立华、姜海峰、唐德、曹淑智、梁国辅、韩镇琪、樊维纲。第二届（1955年9月入学）研究生是：王开富、王延龄、刘征、吴熊和、佘国钦、沈家骥、倪复贤、周满江、侯志明。

1961年2月，根据党中央对国民经济进行“调整、巩固、充实、提高”的八字方针，全国各地于同年3月对三年未很好执行知识分子政策及贯彻“双百”方针的情况进行了检查。浙江省委统战部召开高级知识分子座谈会，杭州大学中文系夏承焘先生、蒋祖怡先生应邀参加。为了更好地调动知识分子积极性，6月中旬，浙江省成立了中国科学院浙江分院语言文学研究室。由省委宣传部领导，并拨给经费，工作地点在杭州大学内。夏先生为研究室主任，善于做知识分子工作的孔成九同志为主持日常工作的副主任。其他研究人员是：姜亮夫先生、王驾吾（焕镳）先生、胡士莹先生、蒋祖怡先生。研究室成立后，即恢复面向全国招收研究生。夏先生招收的第三届（1961年9月入学）研究生是：陆坚。后又招收一名研究生：马铃娜（马群）。夏先生招收的第四届（1964年9月入学）研究生是：陈铭、施议对。同年入学的研究生还有：姜亮夫先生指导的崔富章，王驾吾先生指导的曹础基，胡士莹先生指导的萧欣侨（新桥）。研究室成立后，夏承焘先生还接收了一名高校进修生：吉林大学选送的喻朝刚。从真正意义上讲，1964年秋通过国家正规手续入学且学术成就突出的喻朝刚，是夏先生的关门弟子。1964年10月以后，夏先生再没有招收过研究生和进修生。根据教学科研工作需要，学校还给夏承焘先生配备了两名助手：汤新祥、田葆蓉（怀霜）。也给姜亮夫先生配备了两名助手：郭在贻、张金泉。姜亮夫先生招的研究生是：郦亭山、薛恭穆。后又招了一名研究生：林菁。王驾吾先生招了一名研究生：水渭松。胡士莹先生招了一名研究生：陈强华（翔华）。蒋祖怡先生招了两名研究生：章楚藩、陈荷花。

研究室的教学科研工作，由夏先生全面负责，并由他定期主持召开业务会议。当时在课程开设上曾遇到过一些难题，比如教育部规定研究生至少要学一种外语，语种可由各校自定。导师们几经讨论决定开设日语课，但没有老师，后来请到潘锡九先生，他是比鲁迅先生稍后一点去日本仙台留学的，但1961年他的“右派”帽子还没有摘掉，最后夏先生和孔成九同志承担责任，把潘先生请来给研究生开了日语课。同样的难题，还有导师们一致认为研究生要学版本学、目录学，但也没有老师，还是夏先生和孔成九同志承担责任，把也还没有“摘帽”的任铭善先生请来为研究生开出了工具书课。由于这两位先生情况特殊，所以夏先生对他们的讲课情况特别关心，每隔一段时间，夏先生都要向研究生们了解两位的授课情况。一般人都认为，夏先生重业务，轻政治，但在课程安排上，有两件事，出人意料。一是当时花了很大力气和很长时间，通过浙江省委宣传部和上海市委宣传部，把著名“三礼”专家沈文倬先生从上海图书馆调来研究室，目的是要他给研究生讲“礼学”。可是那时“学术批判”一场接一场，夏先生也感到讲礼学“不合时宜”，于是只好请沈先生先到资料室工作。另一件事是，经几位老先生推荐，研究室准备从江苏省将章太炎先生的一位关门弟子调来给研究生讲课，那位先生提出了不少条件，研究室基本都愿意接受。唯有一条，即“不参加每周一次的政治学习”，这在当时，实不可解。夏先生虽不管人事，但也觉得这太过分，即便调来，也难安排课程，所以他主张不要调这位先生。

夏先生从教时间之长，在一线讲授课程之多，亲历教育教学类型之全，教育教学经验之丰富，在教育界可能也是不多见的。在长期的实践过程中，他的教育教学思想、观点和方法，有其鲜明的特色。

树人为先。夏先生认为，要学会读书，必须先学会做人，要读好书，必先做好人。他特别重视品德的培养和磨炼。他曾说：“历史上凡是占有学问界、事业界最高席位者，十之七八是穷人出身。凡能在贫贱困厄中磨炼出人格光辉者，则贫贱困厄在他人为忧患，在彼却为幸运。”他对辛弃疾、陈亮的人格精神很钦佩，讲他们作品时，总是要花很长时间赞美他们的英雄事迹，说他们的救国之志、报国之举、强国之念，即使千载之下，也撼人心旌！夏先生曾亲自去浙江永康寻访过陈亮的遗迹，后又带领研究生去江西、福建寻访过辛弃疾的遗迹。他对陈亮的《梅花》诗“一朵忽先变，百花皆后香。欲传春信息，不怕雪埋藏”，称赏有加，多次书赠给学生。

激励为主。夏先生常说："好的老师要善于发现学生的长处，让他扬其所长；好的学生不是批评出来的，而是在鼓励和引导中成长起来的。"他上课不搞满堂灌，而是采用讨论式、启发式。在讨论中或日常交谈中，发现学生有好的见解、好的观点，他总是叫学生再说一遍，或叫学生马上记录下来，有时还叫学生马上写成小论文。他还常以自身的经历教育学生："老师一句赞美和鼓励，有时可以影响学生的一生。"

平近为佳。夏先生上课不讲高深理论，不引冷僻古怪的文献资料，而是用通俗易懂的语言，阐释难以解说的理论或作品。他常说，"讲课不是卖弄学问，而是要让学生听得懂，想得到，记得住"。他喜欢用有趣的故事、生动的比喻，或日常生活中的俗语、谚语、歇后语，来解说复杂的问题。所以他的课中文系学生喜欢听，别的系的学生也喜欢听，机关干部和社会青年都喜欢听，不时博得听课者会意的笑声或热烈的掌声。大家都认为听夏先生的课是一种艺术享受，是一种文化知识的升华，平时只要他在一楼的教室上课，常常有人在窗外旁听。能用很通俗的话讲透很深的道理，真正做到深入浅出并不容易，这也是学问。夏先生讲课从不摆着面孔，总是笑嘻嘻，很亲切，好像拉家常、说贴心话一样。除了作大型讲座，在规定的教室讲课以外，他讲课场所也很自由，多数在他办公室，学生围坐在他身边。有时几个研究生一起去看他，他就在家中给大家讲课。

精准为上。夏先生常说，讲课“不要求其多，只要求其精；不要求其全，只要求其准”。他认为讲授课程不要面面俱到，贪多揽杂，一次课能说清一两个问题，就很不错了；讲课和写文章一样，要说自己的见解，不要重复别人的观点，不要人云亦云，要说准确，要说正确。在具体讲课和写作过程中，应该要言不繁，观点突出。写了一篇文章，就要是一篇好文章。要有独到的见解，发他人所未发，或纠他人之误发，要“以质胜量”“以少胜多”。他经常叫研究生用最简单明白的话，表达自己最满意的有得之见，最好能用一句话，概括出自己的一个新观点。

二　但开风气

夏承焘先生诲人不倦，以教为乐，谦逊自抑，教学相长。他抗颜为师，但从不以师道自居，而是尊重学生，视学生为朋友；他从不刁难学生、压制学生，而是热情奖掖学生，扶植后进；他从不把自己的学问看作是不可改变的真理，而是希望学生随时随地提出不同意见。他认为不是名师出高徒，而是高徒出名师。他反复教育学生不要迷信老师，不要跟着老师亦步亦趋地走，而要有创新精神和超越意识。他的学生深受其教益，但又不为其所限，不少学生在学术上、事业上能扬己所长，独立发展，可谓英才济济。

著名莎士比亚戏剧翻译家朱生豪先生，即出于夏先生门下。朱生豪读高中时就开始写诗，进之江大学国文系后，加入“之江诗社”，在社长夏先生等的指导下，诗歌创作和诗学理论都有明显提高。夏先生对朱生豪的过人之才早有发现，并在日记中反复称许。如1930年11月5日记：“夕阅考卷，朱生豪不易才也。”1930年12月8日记：“阅卷，嘉兴朱生生豪《读晋诗随笔》，极可佩，惜其体弱。”1931年1月13日记：“夜阅文科学生试卷，朱生豪止十八岁，真可倾佩。”1931年6月8日记：“阅朱生生豪《唐诗人短论七则》，多前人未发之论，爽利无比。聪明才力，在余师友之间，不当以学生视之。其人今年才二十岁，渊默如处子，轻易不肯发一言。”夏先生得知朱生豪英语水平很好，同样十分高兴，倍加赞赏：闻其“英文甚深，之江办学数十年，恐无此未易才也”。

任铭善（字心叔）先生是出于夏先生门下的又一位著名学者，除诗词而外，他在文字学、训诂学以及“三礼”研究方面，多有建树。在之江大学时，夏先生就很器重任，他们亦师亦友，相助相勉。任常常“当仁不让于师”地与夏先生辩论，夏往往微笑以对，从不生气。夏先生曾说过，他与任的关系“就是切磋学问，就是南面师之，北面教之”。在老一辈学者中，夏先生是守正图变、务实求新的一位。中华人民共和国成立后，他力图用新观点新方法写作学术论文，他认为任思想敏捷，接受新事物快，较早读马克思主义书籍，讲授过政治课程，所以夏先生常把写好的论文先让任看了提意见，然后再发出去。在一首《为心叔画荷》诗中，他写道：“事事输君到画花，墨团羞对玉槎丫。”任善画梅，夏喜画荷，夏赞任的梅花是“玉槎丫”，而说自己的荷花是“墨团”，自谦不如任。他还撰写过一副寿联祝贺任四十岁生日：“念尔嘉名，取人向善，与人为善；是余至乐，南面师之，北面教之。”

再一位出于夏先生门下而不为夏先生专长所限的学者是蒋礼鸿（字云从）先生。蒋诗词写得很好，但并不以诗词名家，而是著名的语言学家和敦煌学家。夏先生去世以后，蒋先生亲笔撰写了回忆文章，深情地说：“夏先生是我的恩师。在抗日战争时，之江大学在屯溪解散，夏先生就写信叫我到温州他家里去住，在那里认识了梅冷生、吴天五等诗人。我在温州住了几个月，免了流离无归之苦。到现在我还能厕身高等教育界做些工作，这可以说多半出于夏师所赐。”“夏先生治学很虚心，一有作品，不但征求同辈的意见，也向晚辈，如我们这些学生征求意见。他写的书都寄给我，手书‘云从弟正’。”

被誉为台湾地区“文坛恒星”“作家之首”的琦君（潘希真）女士，是夏先生的得意女弟子。她诗词造诣很高，但更以散文名播文坛，出版过三十多部散文、小说集。她从小就崇敬夏先生，写了很多感念夏先生的文章，在《春风化雨——怀恩师夏承焘先生》一文中说，夏先生虽以轻松洒脱的态度教学，但自己治学却是非常认真严谨的。“当时我看他着手作《白石词笺校》《白石道人行实考》，搜集资料，编年次第，所下功夫极深。我因对考据没有兴趣，对白石词的过分研辞练句也并不太喜欢，所以除了背他的几首名作以外，不曾多作钻研。于此可见我不是个作学问的人，辜负恩师期望，惭感无已。”但夏先生并不介意，仍常以“希世之珍琦”勉励她。她以“琦君”为笔名，即含有纪念恩师之意。夏先生的为人、为教、为学，给她以终身不忘的影响。

夏承焘先生曾几次和研究生讲起使他难以忘怀的一件往事。在那兵荒马乱的年代，他有一次在逃难的路上，突然遇到大批国民党军队。有一个骑着高头大马的军官从他身边快速闪过。一会儿，那匹高头大马又折回，从马上跳下一个高级军官。他走到夏先生近旁说道：“老师，我是您的学生。”夏先生当时急于逃难，没有听得很清楚，只顾向前走。可那高级军官又快步走到夏先生面前，向夏先生鞠了一躬说：“夏老师！我是您的学生啊！”夏先生这才停下脚步，与那高级军官热情答话。那军官又说：“夏老师，形势紧迫，请您坐上我的马，我送您一程！”夏先生怎么也不肯：“你的盛情我深领了！你军务在身，不可延误，请快上马！”见夏先生执意谢绝，那高级军官说：“那也好，我叫人代我送您！”于是他立即命令两个随从军人背起夏先生的行囊。那高级军官又向夏先生深深鞠了躬，跨上马，大声叫道：“夏老师！一路保重！战争结束后，我再去看您！”那两个随从军人一直把夏先生送了很远很远，脱离了危险区。很长时间，夏先生一直打听那位高级军官的情况。据说他在一次抗击日寇战斗的冲锋陷阵中壮烈牺牲了。夏先生每次讲起这件往事，总是语含深情，语速缓慢，语音沉重！

三　走出书斋

夏承焘先生教研究生多读书，读好书，但不要研究生做书呆子，要他们既钻得进，又走得出。1961年入学的研究生进校不久，夏先生就带领他们走出校门，拜访在杭的几位著名专家学者。到蒋庄拜访马一浮先生，聆听马先生讲国学；到青春街拜访张宗祥先生，聆听张先生讲“抄书”与读书；到南山路拜访潘天寿先生，聆听潘先生讲作画的经历；到里西湖浙江图书馆拜访毛春翔先生，请毛先生指导看《四库全书》，并聆听毛先生讲述宋元版本知识。夏先生还托蒋祖怡先生带领有关研究生去上海参加由当时的华东局宣传部俞铭璜部长主持召开的中国古代文艺理论座谈会，聆听郭绍虞先生、刘大杰先生、王运熙先生、马茂元先生、陆侃如先生、王气中先生等精彩纷呈的学术报告和学术讨论。

夏先生1961年3月应教育部之邀，去上海参加《中国历代文论选》的编注工作。为了不影响对研究生的指导，他经常往来于沪杭之间。那年中秋节，他特地从上海赶回杭州，带研究生游湖赏月。遗憾的是那天未见明月，夏先生笑着对研究生说："中秋明月诗读得多了，今天天公给大家出了一个好题目，每人写一首'中秋无月诗'，不是更有诗意吗？"夏先生去上海后，又特意将他的诗《在沪寄怀杭州大学研究室诸生》寄给研究生：

> 西湖打桨别匆匆，梦路相寻雨又风。
> 一任中秋无好月，书灯自会放长虹。

老师的拳拳之心，殷殷之意，跃然纸上，感念不忘！虽过半个世纪，但其情其景仍使研究生们觉得历历在目，恍然如昨。

夏先生对南宋辛弃疾、陈亮的人品、词品都十分推崇。他曾亲自去浙江永康寻访过陈亮的遗迹。1962年10月19日开始，夏先生又带领研究生去江西、福建寻访辛弃疾遗迹。

10月20日清晨，夏先生等冒雨由上饶汽车站出发去铅山县。车过信江桥，遥望江水，澄碧如玉带。途经石溪、江村等站，八时半到铅山县（县址在河口镇）。根据县文化馆滕振坤馆长介绍，辛氏后裔在江西共有三支：一在南昌，一在西山，一在辜墩。辜墩一支据说为稼轩次子辛秬之后。稼轩卒后，辛秬因怕遭主和派迫害，改姓辜，避住江西桐木关附近。辛氏子孙当时还有逃往福建的。据说福建、南昌、瓜山、辜墩等地的辛氏后人曾经共同续修过族谱。距离铅山十里的彭塘，还存有辛氏族谱，并有乾隆年间画的稼轩像。滕馆长还告诉夏先生，距铅山七八里的章岩寺，石壁上有稼轩题字。永平镇程镜寰老先生曾亲去看过，但因年久苔深，有些字迹已难辨认。

10月21日，夏先生带领研究生，在滕馆长陪同下，沿着七百多年前稼轩所走过的道路，寻访他的遗迹。一行人在上饶北门外，寻找过带湖的遗址，遥望过灵山；在瓜山下，饮过瓢泉清冷的泉水，坐过期思渡的渡船；瞻仰过“巨海拔犀头角出，来向此山高阁”的积翠岩。

10月22日，夏先生带领研究生拜谒了离永平镇十八里的稼轩墓。在滕馆长的陪同下，一行人由永平出发南行，一路青山绿水，小溪潺潺，近山远峰，郁郁葱葱。据说这条宽平的大道，是古代通往福建的驿道。当年从永平入闽，经过黄土铺、十里铺、鼓楼门、排上等地，一路上都有饭店。想来古时凭吊稼轩墓的人们，大概也是经过这条路的吧。途中经过十里铺，《铅山县志》载，蒋士铨墓在七都董家坞。距此不远，因非顺道，未及往谒。近午，夏先生等到了陈家寨。《铅山县志》载：“辛忠敏弃疾墓，在七都虎头门。”虎头门，在陈家寨西一里许，今名鼓楼门，原建于鼓楼桥头。当地传说，陈家寨原为辛弃疾扎营练兵之地。又说，当时政府派兵守稼轩墓，建钟鼓楼，故名。过鼓楼门向右不远，走上山旁路，又入群山环绕之中。路边溪水清流，高处澄明如镜，下注处则流急声喧。循山麓行二三里，至彭家湾，夏先生邀二村童为向导。再行二三里，至庙基里，便是稼轩墓所在地。滕馆长告诉夏先生等，此地有两座稼轩墓，未辨真伪。先到一墓在群山环合中，山坳处有小坡，坡上棘蔓交织，拔棘而上，至平坡，见一石碑，高约三尺多，宽一尺余。右刻“乾隆癸卯季春中□□重修”，中刻大字“显故考辛公稼轩府君之墓”，左刻“二十五代玄玄孙：霞溪、凌湖、辜染、东山、安北……同立”。碑上字迹模糊，多不能识。碑前露一小土堆，不及半人高，为宿莽所翳，似为墓顶。墓面南。考元代王恽《过稼轩先生墓诗》题下注云：“在铅山州南十五里阳原山中。”又，辛启泰编《稼轩年谱》及元陆友仁《砚北杂志》所说相同。夏先生问附近一带山名，村童皆不知有阳原山，但云墓正对之山为杨家山。夏先生以为，阳原山或为此一带山脉之总称。山中人迹至少，据说夜间常有老虎、野猪出没。墓旁杂树茂棘丛生，看不清四周形势，也无从发现墓上其他遗迹。若无当地人向导，是很难寻到这墓的。夏先生名此墓为“庙基里稼轩墓”。续行半里许，至颜家棚，寻另一墓。从右边小路攀岭，林木较前者更幽邃，正午时也颇有凉意。沿路只见一户人家，空屋无人。再上坡，即到墓地。墓掩于丛莽，外无迹象可辨。拨乱草见一华表，高约八尺，当地人称“将军柱”。滕馆长说，前次来访曾遇一七十老人，称儿时尝见有两华表，还见墓前之大拜堂，仅隔十数年，皆不知去向了。华表之后有状半圆的土壁，仿佛是坟墓，又觉与华表距离忒近。《铅山县志》称稼轩“敕葬于此”，想来此墓应有一定规模，不会如此局促。但因杂树蒙翳，实难看清其周围形势。此墓亦朝南，山背为牛皮岭，前面遥对武夷山。今唯有侧旁小路可通墓地，若此是真墓，想当年应有较宽敞之墓道通往鼓楼门。离墓时，村童砍墓旁青竹数支赠夏先生等作纪念。夏先生欣然得句云：“龙川三策吾何有，携得阳原一杖回。”

关于两墓真伪问题，夏先生曾与滕馆长交换过意见。他认为颜家棚的是真墓。理由有三：一、颜家棚墓前有华表，而庙基里墓虽有碑，但山川气魄不大，不像真墓；二、曾听西山辛氏后裔说，从前辛氏后人来叫墓的（江西称祭坟为叫墓），先叫颜家棚墓，后叫庙基里墓；三、庙基里墓或是当时的疑塚，以防盗墓者。由于缺乏确凿的证据，二墓孰真无从断定。夏先生指导研究生把这次实地考察情况与所见到的有关稼轩墓的文字记载两相核对，发现有不少可疑之点，并由此产生一些推想。主要有两个问题：

第一，两墓孰真虽难断定，但就二者现状作比较，庙基里墓有石碑，而碑文颇多不辞之处：如称祖先曰“显故考”，“稼轩府君”之上冠“辛”姓，立碑者自称“二十五代玄玄孙”。又，碑石立于墓后，亦甚罕见。据辛启泰《稼轩年谱》后记云：“公墓旁近地今为他姓侵逼，至为可伤……自公至今，五六百年，后裔衰息式微，至不能守其坟墓。”今观此碑文，可知乾隆时辛氏后裔确已式微。

第二，《铅山县志》云：“辛忠敏弃疾墓，在七都虎头门。宋绍定六年赠光禄大夫，敕葬于此。旧有金字碑立驿路旁，曰稼轩先生神道。”但据谢枋得《祭稼轩先生墓记》云：“枋得倘见君父，当披肝沥胆以雪公之冤，复官，还职，恤典，易名，录后，改正文传，立墓道碑，皆仁厚之朝所易行者。”可见县志所云“绍定六年赠光禄大夫”与“敕葬”应非同时之事。若绍定六年（稼轩卒后二十六年）敕葬，冤已昭雪。枋得于稼轩卒六十年后，过其墓旁时，何以又言“六十年呼于祠堂者，其意有所托乎”。据枋得所作墓记与嘉定年间稼轩第五子穰曾为文辨谤之事，知稼轩卒后，确有受弹劾、削官之事。元王恽诗云：“通历纵令追削尽，叠山文是汉云台。”可见稼轩复官等事，是在枋得作墓记请于朝廷之后。枋得墓记中还提到要为稼轩立墓道碑，可知神道碑也必立于德祐年加赠少师、谥忠敏之后。至于敕葬与立神道碑之具体年代，今无可考了。

明代人凭吊稼轩墓者，题咏颇盛。龚敩《稼轩神道》一诗即是他作的铅山八景之一，诗云“神道有碑行客拜，荒祠无屋野樵知”。明张以宁也有《辛稼轩神道吊以诗》。清康熙年间，查继尹《过稼轩旧址》诗云“景物悲殊昔，碑铭直至今”。乾隆辛卯进士程夔诗云“恢复无能闻散殁，雨昏神道湿苔碑”，注云“按忠敏宏才伟抱，忠义凛然。今其后嗣式微，附墓上下左右自应加意护持，毋许蹂躏侵越……”读这几首诗与程夔诗注，足见明代以后墓与祠堂已渐荒废，而神道碑至清尚存。

夏先生这次率领研究生的信州之行，怀着对伟大爱国词人辛弃疾的敬意，来到了阳原山中，了却了他多年来要寻访稼轩遗迹的宿愿。同时也使研究生们实地接受了教育，增长了知识，一路观察了稼轩墓地的自然环境，搜集了有关资料，收益甚多。正如夏先生两句诗所言：“地下稼轩应识我，此行不为看山来。”

夏先生一行虽告别了阳原山，但还时时想起永平程镜寰老先生说的一段话：“稼轩是一位伟大的爱国词人，又是民族英雄，必须大大表彰，该让后人永远记住他的名字，继承他的爱国主义精神。”夏先生还通过滕馆长向江西省文管会和铅山县文教局建议继续搜集有关稼轩的资料与传说，并建议重新整修稼轩墓。宋人文集中找不到为稼轩作的墓志铭，修墓时如能挖得墓志铭，则何年下葬和敕葬的疑问都可解决了。据说，江西省文管会和铅山县文教局，对夏先生的建议很重视，专门进行了讨论，不久即着手开始稼轩遗迹的整理和修建工作。

夏先生写的一首《水龙吟》概括了这次寻访稼轩遗迹的感受和心愿。其词云：

墓门万马回旋，一筇来领群山拜。大星落处，夜深犹见，虎门光怪。化鹤何归，来孙难问，长城先坏。（先生次子秬改姓辜避害。见铅山西山辛氏家谱序。）料放翁同甫，重逢气短，平戎业，论成败！　　不恨古人不见，见先生凛然千载。词源倒峡，九原休念，长湖似带。（上饶带湖故迹已芜。）试望神州，烟花万叠，山河两戒。待明年重酹，祁连新冢，屹云峰外。（铅山县近拟修墓。）

这首词被《夏承焘词集》（湖南人民出版社1981年3月版）收录，题目为《谒辛稼轩墓》，但写作时间误记为1961年，《夏承焘集》（浙江古籍出版社、浙江教育出版社1997年版）编年亦有误。其词云：

坟头万马回旋，一筇来领群山拜。长星落处，夜深犹见，金门光怪。化鹤何归，来孙难问，长城谁坏。料放翁同甫，相逢气短，平戎业，论成败！　　莫恨沂蒙事去，恨半生驰驱江介。词源倒峡，何心更恋，长湖似带？试听新吟，烟花万叠，山河两戒。待明年来仰，祁连高冢，兀云峰外。

在铅山县，夏先生还指导研究生抄录了《济南辛氏宗图旧序》《辜墩宗谱后序》《辜墩辛氏族谱序》《辛氏宗谱序》等相关材料。

结束了铅山访古，夏先生率研究生于10月27日向福建进发，继续寻访稼轩遗迹。夏先生《武夷山村店啖虎肉》诗：

东家闭门西家哭，山君攫人如攫犊。
虎而冠者猛于虎，昔年村店无人宿。
而今吏虎一齐去，四郊共庆早稻熟。
昨宵村头虎鬼啼，老夫吟灯啖虎肉。

此诗是在武夷山星村一小饭店所写。据店主说，中华人民共和国成立前，当地贪官污吏横行，无恶不作，凶暴猛于虎，其祖父、父亲皆死于暴政之下。此诗作于1962年，而不是

1961年。《天风阁诗集》（浙江人民出版社1982年版）、《夏承焘集》（浙江古籍出版社、浙江教育出版社1997年版）编年皆有误。

可惜的是，去福建寻访的材料，在“文革”中散失了。

四　春风时雨

作为教育大家、词学大师，夏承焘先生不仅有六十多年丰富而多面的教育教学实践经验，培养了足迹遍及海内外的学子门生，其中不乏为数众多的杰出人才，而且他在教育教学和词学研究的过程中，还发表了很多独具个性的警拔秀异的箴言高论，这些也是夏先生治词、治学经验的概括，充满着理趣睿智，闪烁着哲思长辉，开人心胸，令人警醒。

做学问，就是吃苦耐劳，苦中求乐

1961年夏天，有一位本校刚毕业的学生考取研究生，师从夏先生研习唐宋文学。这位学生在接到录取通知后，即登门拜访夏先生，在向他汇报四年大学学习时说，有一年多的时间忙于参加“运动”，接受“锻炼”，学工务农，上山下海，真正读书的时间恐怕不足三年，基础差，根底薄。夏先生听了哈哈大笑地说："你是大学毕业生了，我还没读过大学呢！"接着又说："做学问，没有什么窍门，就是要学会吃苦耐劳，苦中求乐。"然后还风趣地打了个比方："我一生没有孩子，我把培养孩子的精力都用在做学问上了。一个人如果能把培养孩子的那种吃苦耐劳的心力和精神，都用于做学问，学问一定能做好；反过来说，以做学问的心力和精神培养孩子，不一定能培养好孩子。还是吃苦耐劳地做学问保险！汗水不会白流，努力即见成果，苦中自有乐趣！"

督子十过，不如奖子一长

夏先生常常说，好学生不是责骂出来的，而是鼓励出来的。他常以自己亲身的经历说明在教育教学过程中，表扬比批评更重要，特别是有两件事使他终生难忘，也影响了他一生的成长。第一件事是，他在读小学时学写诗词。有一天，他在一位同学处看到一本《词谱》，兴之所至，就按照《词谱》试作了一首《如梦令》，最后两句是："鹦鹉，鹦鹉，知否梦中言语？"（意思是，鹦鹉很会说话，可是我梦中所说的话，总该学不了吧？）国文老师张震轩先生看到颇为赞赏，就在这两句词旁边用朱笔浓浓地画了几个红圈圈，这给他极为深刻的印象，使他受到巨大的鼓舞。从那以后，他填词的兴趣更浓了，一有时间就背诵东坡词，还工工整整地把《白香词谱》全部抄录下来。几十年后，他眼前仍常常浮现张震轩老师给他加的那些密密的朱笔红圈圈，甚至认为这与他走上填词和治词的道路有一定的关系。

另一件事是，他在14岁那年，报考孙诒让创办的温州师范学校，被录取。当时报名者有两千多人，但只能录取四十人。他以第七名的好成绩被录取，最主要的原因是他的作文写得好。作文题目是《学然后知不足，教然后知困》，他自己也觉得文章作得比较满意。四五十年后，他还清晰地记得在答卷里写的主要内容："凡是自以为学问已经足够了的，那是没有学过的人；说教学没有困难的，那是没有做过教学工作的人。"考进温州师范学校后，不仅学杂费免缴，每月还可有一点零用钱，他都省下来，带回家补贴家用。所以那一场大考，使他印象深刻。当年那种无声的鼓励，在他心中埋下了爱好词学、勤奋苦学的种子。

在平时的教学中，夏先生很少当面直接表扬一个学生。他每次讲好课后，总会留足够的时间让学生提问题，有时叫学生先讲，他再讲，然后讨论。对于学生好的意见、好的见解，总是要学生多讲一遍，让大家印象深刻一点。有时在课后的随意交谈中，发现学生有好的看法，他总是记下来，在适当的场合让其他学生也知道。

案头书少，腹中书多

有一天，夏先生去研究生寝室，见一研究生桌上堆满了书，便问："这么多书都摆在面前，哪一本是你天天读的？"那研究生一时未能言对。夏先生说："书当然读得越多越好，但对于搞研究工作的人来说，还要学会读书，善于读书。有的书要天天读，有的书要常常读，有的书只要泛泛读。天天读的书要摆在桌上，放在眼前，反复读，认真读，读懂、读通、读熟、读透，这是看家本领的书；常常读的书，是促进读好看家本领的书，不一定天天放在眼前读。比如，主攻目标是杜甫，首先必须读懂、读透杜甫诗集，要天天读，反复读；同时也要读李白诗、白居易诗、全唐诗、宋诗，还要读唐书等，常读这些书，有助于理解杜甫诗，辗转增益，促进专精。"那一届研究生有一门课程是《资治通鉴》，该研究生桌上也放着好多本平装本《资治通鉴》，夏先生拿起一本翻翻说："如从事杜诗研究，不是写作相关论文，这类书泛泛读就行了。"

夏先生认为，在具体研究工作中，既要多读书，又要力忌贪多不精。一般的说，世界上的书是读不完的；但对于专业工作者来说，就是走进很大很大的图书馆也觉得书太少。读书一定要分主次，不能没有轻重，泛览无归。他曾说过，有些老先生，读了许多书，知识很渊博，令人佩服，但终生没有专业，没有成果，那也是很可惜的。所谓"案头书少，腹中书多"，是互为因果的关系。一个人一生能真正读懂、读透一两本书，也是很不容易的。要把案头极少的、天天读的书读好，自然腹中的书也会多起来。如果案头书多，东翻翻，西看看，就不能专精，腹中的书也就多不起来。

读书百遍，其义自见

徒弟总是希望早点掌握师父的“秘法”，学生总是想尽快从老师那边探得一些“窍门”。研究生刚开始学习时，欢喜问夏先生：“读古书有什么捷径？”“研究古代文学与研究其他学科有什么不同？”夏先生总是说：“不用着急，水到渠成。”

夏先生看研究生在研究室只看书，不读书，整天听不到书声，他觉得不好。有一次在谈到苏东坡时，他说：“东坡贬官海南岛后，作过一首听邻童读书声的五言古诗，读之令人神往。‘书声’是一个饶有诗意的词汇。可是现在我们大学里却很少听见书声，好像把朗诵看作是一种不正常的事。其实，‘诵读’‘朗诵’，就是学习古文的捷径，就是研究古代文学的特殊性之一。研究古代文学而不诵读、不朗诵，那就不能体会到作品的许多好处，也辜负了作者的许多苦心。从来都说‘读文’‘吟诗’，没有说‘看文’‘看诗’的。要培养朗诵的兴趣，通过朗诵，不断加深对作品的印象和加强对作者感情的领会。”

夏先生还说："不懂的古书读多了，就能逐渐了解它的语法、修辞规律，贯穿它的上下文，即可体会其具体意义。随着诵读遍数的增加，思考次数的反复，全文也就会理解了。这就是'读书百遍，其义自见'。"通过反复诵读、朗诵，容易了解作品，也容易记住作品。前人早就说过，"古书不厌百回读，熟读精思子自知"。

夏先生还给研究生们讲过一个有趣的故事：听说过去北京大学有位美国女教师，给学生讲莎士比亚的作品。起先，她花了很多时间对莎士比亚作品作具体而深刻的分析讲解，讲完之后，却发现有学生并不理解。这位女老师便决定不再先讲，而是让学生去反复诵读课文。在她的指导下，学生们读了一遍又一遍，并且一边诵读一边体会，结果越读越感到有味道，最后终于明白了莎士比亚作品的奥妙所在。一个外国人，也理解我们中国人做学问的"窍门"："读书百遍，其义自见。"

夏先生平时讲课讲到具体作品时，一般多是要朗诵的，有时应听者要求还要朗诵几遍。五六十年前，夏先生所在的研究室没有录音录像设备，没能把夏先生的朗诵录下来，他的家人可能也没有他的朗诵录音。但据说，夏先生在上海人民广播电台、浙江人民广播电台等单位朗诵过诗词，也许这些单位还留有那时的录音。

关于朗诵方法，夏先生没有给研究生系统讲过，只是他在朗诵诗词时，顺便说几句。大概有以下几点：其一，要用各人自己的家乡话朗诵。20世纪50年代，夏先生曾向国家教育部提议，“请各地老先生用各地腔调朗诵旧体诗词，录下音来，便可作为诗歌朗诵的百花齐放”。其二，诗眼、词眼之处，朗诵速度不宜过快。这些地方咬音吐字尤要清朗明晰，让听者有更为深刻一些的印象。其三，词过片处的朗诵，要把作者的感情充分表达出来。词是音乐语言与文学语言紧密结合的特殊艺术形式，它的过片处，是音乐最好听的地方，也是作者声情表达最集中的地方，前人填词都特别注意这关键之处，因而朗诵时不能辜负作者的良苦用心。

记得绿罗裙，处处怜芳草

夏先生常说，前人主张为学要“优游浸润”，做学问要用“文火”，不能专用“猛火”。宋朝时，学生跟老师时常在水边林下边散步边谈论学问。夏先生喜欢晚饭前散步，也喜欢在散步时谈论治学。一天，有个研究生陪他从道古桥散步到黄龙洞，返回时穿过曙光路口，他和研究生讲起爱因斯坦的故事，说有一次爱因斯坦推着婴儿车散步，走到交通路口，突然想起相对论中的一个问题，立即掏出随身携带的纸笔，站在路口就写了起来，以致差点儿把自己的孩子都忘了。接着，夏先生轻声吟诵了五代词人牛希济一首《生查子》词中的两句："记得绿罗裙，处处怜芳草。"夏先生问研究生：为什么这两句广为传诵？研究生随即说：联想巧妙，把分别时爱人穿的绿色罗裙与常见的绿茵芳草联系起来，因而别后见绿草，就想到爱人。这比直写思念，更含蓄幽默，也更深一层。夏先生对研究生的率而所答并不满意，也没批评。他站到路边仔细说道："你这样的解说，自然不错，但只是通常的说法。对于搞专业研究的人来说，还应该有更广泛一些的感悟和联想。我们平时要多思考一两个专业问题，要学会带着问题听课、看书报、与人交谈、观察事物。这样脑子里就像有一块吸铁石，遇到相关知识就能吸住，而不是让知识像水从管子里白白流掉，这未尝不可比为'记得绿罗裙，处处怜芳草'。"

几个星期后，夏先生又和研究生讲了一个与此相关的故事。清朝学者戴震说过，第一流的老师教不出第一流的学生，而二、三流的老师却可教出一流的学生。夏先生对于这句话，总是感到不好理解，思考了好几年，也记了不少笔记。有一次在北京开会，夏先生与一位安徽朋友闲聊，那朋友谈到江永、戴震师生的治学风格，夏先生听了顿觉眼前一亮。江永是一位乡村的穷教师，教书很注重学生的独立思考和师生间的相互辩论。戴震做江永学生时，在学术上有不少自己的见解，江永从不以"权威"自居，他们的学术思想十分活跃，戴震论音韵的观点不同于老师江永。后来戴震的学生段玉裁注音韵表又不同于老师戴震。师生们在学术观点上各有各的长处，一代代向前发展，这是乾嘉时代皖派学术的好风气。老师不以第一流“权威”自居，不以自己学术的框框限制学生，学生的成就才会超过老师。而慕名拜“权威”或大人先生们做老师的，不敢在老师前面标新立异，不敢向老师提意见，那“权威”们的权威越大，学术就难得创新发展！

十件事做到七分好，不如把一件事做到十分好

夏先生只要不外出，几乎每天都到研究室上班。研究生几乎每天都能见到夏先生，有时就坐在他身旁听他吟诗，帮他找书，看他写文章。有时他文章写了一半就让研究生看看。除了讲课之外，夏先生平时问研究生最多的是：“最近在看什么书？”“思考什么问题？”“写什么文章？”“学术界有什么新动态？”他不希望研究生今天看这本书，明天又去读另一本书，今天觉得这个题目好写，明天又转过去写另一篇文章。他反复告诫研究生：人的精力是有限的，而世界上的知识无穷，一个人能做好一种学问就很不容易。研究目标一定要明确，注意力一定要集中，要持之以恒，不能见异思迁。他不止一次意味深长地说：“十件事做到七分好，不如把一件事做到十分好。”他还举了一些生动例子。

比如，他说近代扬州有位读书人叫李详，少时家贫，买

不起书，就整天读一部《文选》，每天贴一页在桌子上，深思钻研，反复琢磨，结果熟读成诵，打下了很好的基础，还能触类旁通，脑子里好像有许多钩子，一遇到相关的知识，就自然而然地联系起来了，他后来成了有名的《文选》专家。

又如，夏先生常常讲起苏联汉学家艾德林教授的故事。他花了二十年左右的时间，坚持不懈研究中国古代文学，特别对陶渊明和白居易的作品都有独到的见解，对诗人写作每一首诗的目的、环境、背景很注意。为了深入研究和精确翻译陶诗，他特意到中国进行实地考察，专程访问了陶渊明故乡和陶渊明做官的地方，还寻得了陶渊明墓。艾德林教授在陶渊明家乡遇到一个小孩，问他姓什么。小孩答说“姓陶”，他听了很高兴，并将此事告诉了夏先生。夏先生当即写了两句诗：“道逢姓陶人，使我心悠然。”艾德林教授看了拍手大笑说：“白居易！白居易！”这使人惊叹艾德林教授对白诗的熟习程度！夏先生深有感触地对学生说：“艾德林教授这样专心致志地深入研究，我们这些中国古代文学研究者不能不深感惭愧！”他还举了袁枚诗句“苔花如米小，也学牡丹开”，说做学问的精神也应该如此，即使研究一个小题目，也要以全副精力去对待它，把它做得很好，十分好。

作为教育大家、词学大师，夏先生在教学和科研过程中感悟出的这些治词、治学经验，虽然时过境迁，但仍然如春风时雨，如源头活水。

第四章　学术普及的辛劳勇士

夏承焘先生经常说：词产生于民间，还应该走向民间。因此，他非常重视词学的普及工作。

在“鉴赏热”风起云涌之前，夏先生即于20世纪50年代到60年代初期，开设《湖畔词谈》《西溪词话》《唐宋词欣赏》等专栏，在《浙江日报》，上海《文汇报》、《光明日报》，香港《大公报》等报刊上连续发表了不少有关唐宋词的鉴赏文章，却不为一些人所理解，甚至连他的几个学生都出面阻止他写作这类文章。有一名年纪大的学生劝他说，大学问家不值得写这类小文章。有一个中年学生写信劝他说，这样的文章越写越多，名气好像越来越大，但成就却越来越小，越来越为人瞧不起。还有个别在读的学生劝他说，要集中精力提高科研质量，勿分心于普及工作。夏先生总是听而不闻，视而不见，或淡然一笑，笑而不语。有人认为，学术论文越是写得别人看不懂，才越显得学问高深。对于这种观点，夏先生很不以为然。有学者认为，真正在学术史上确立地位的人，都与其尽心致力于学术普及有密切关系，比如汉代对经典的注释，唐代对古注的疏证，清代乾嘉学者对历代经典的重新阐释，其出发点多是普及经典知识。学术研究要服务于大众，首先就要做好普及工作。对于这些观点，夏先生很赞赏！

一　千字短文

夏承焘先生认为，要真正读懂一首词、解透一首词，并不是很容易的，而艺术鉴赏是十分重要的一个环节。

词的艺术鉴赏，不是一般的阅读，而是读者在接触文学作品过程中产生的一种特殊的审美活动。读者参与这种审美的精神活动，通过感受理解一定的艺术形象，获得精神上的某种愉悦和满足，从而潜移默化地受到作品思想情操的陶冶、感染和教育。因此，词的鉴赏不光是感情参与，还要有鉴赏者主动积极的艺术再创造。特别需要借助联想和想象，用自己的生活经历和情感体验去合理地补充和丰富作品的艺术形象。作为一种认识活动，文学鉴赏有明显的个人差异性。由于鉴赏者所处时代、社会，所属民族以及个人经历、文化素养、兴趣爱好等的不同，在具体鉴赏过程中会出现千差万别的风貌。刘勰《文心雕龙·明诗》篇中说：“诗有恒裁，思无定位，随信适分，鲜能圆通。”这种鉴赏的多样性和不一致性，鲁迅描绘得很生动形象。他在《中国小说的历史的变迁》中说：“青年看《红楼梦》，便以宝玉、黛玉自居；而老年人看去，又多占据了贾政管束宝玉的身份，满心是利害的打算，别的什么也看不见了。”在《〈绛洞花主〉小引》中，又以《红楼梦》为例说：“单是命意，就因读者的眼光而有种种：经学家看见《易》，道学家看见淫，才子看见缠绵，革命家看见排满，流言家看见宫闱秘事……”

为了写好每一篇自有风貌、自成特色的鉴赏文章，夏先生总是像写宏文大论一样认真下笔。有时他先写好，叫研究生看看，提意见，再修改；有时他先给研究生讲要写的内容，叫大家提具体意见，自己再动笔；有时他讲授，助手记录，他再修改。为了把一篇千把字的鉴赏文章写得更通俗、更准确、更耐看，他总是反复推敲、数易其稿。文章发表以后，他常问身边的人听到什么反应，有时还要研究生问问本科生有什么意见，觉得通俗不通俗，有时还问这样的文章中学生看得懂看不懂。

1979年，天津百花文艺出版社将夏先生的鉴赏文章结集出版。这时夏先生已八十高龄，他特请吴天五先生、吴无闻先生对每一篇文章都重加修订。夏先生自称的这些“小文章”，实际上都是花了“大力气”的精心之作，足见一位著名学者对学术普及的认真态度和重视程度。

二 大家小书

根据吴无闻先生所编《夏承焘教授主要著作》记载，夏先生还有不少普及著作，如《怎样读唐宋词》（与吴熊和合著）、《唐宋词选》（与盛静霞合著）、《辛弃疾》（与游止水合著）、《读词常识》（与吴熊和合著）、《唐宋词欣赏》等。这些著作，从不同角度，以不同方式，向广大青年和普通读者介绍唐宋词的特殊形式、重要作家和常见词作。这在当时是广受欢迎的精神文化食粮。

《怎样读唐宋词》于1957年12月由浙江人民出版社第一次印行。词是一种特殊形式的音乐文学，要懂得词，就要了解词与音乐的关系。因而此著主要从体制格律方面介绍词的知识，如词的性质和特点、词调、词与四声、词韵、章句结构等。

词虽然是一种抒情诗，但在不少人眼中，它高雅艰深，不易理解。这本著作以通俗平近的语言，结合具体作品，作深入浅出的分析和解说，拉近了词与青年学生及人民大众之间的距离，是当时为广大读者所喜爱的优秀普及读物之一。

《唐宋词选》于1959年12月由中国青年出版社出版。1962年6月出第2版时，著者之一的盛静霞先生，改名盛弢青。此著选录了唐宋两代词作近两百首。所选词作大都是思想内容和艺术形式在中国文学史上起过作用，对后世影响较大，一定程度上体现了中国古代文学优良传统的作品；书中还选了一些能反映当时社会现实和人民的情感愿望、在艺术上达到相当高度、过去没有受到关注的作家作品。

这部著作，还有两点很值得重视。其一，所选每首词作之后，除了注释而外，还有或长或短、画龙点睛式的“作品小析”。这种分析模式在20世纪80年代全国开始盛行的“鉴赏热”之前二十多年出现，颇为不易，实开诗词欣赏的风气之先。其二，这部著作的“前言”，是夏先生和盛先生花了较多时间和心力写成的。初稿写完，他们又请几位中青年教师提出意见，几经修改后才定稿。全文一万多字，深入浅出地从词的特点、起源，说到词随时代变迁而发展，因生活经历不同而风格有别，以及代表性作家和作品。这对广大青年和人民大众来说，也是一种很有意义的对传统文化适时而通俗的普及性宣传。所以，这部著作1981年6月第3版时，印数即近30万册，此后又多次再版。

《辛弃疾》是上海古籍出版社印行的“中国古典文学基本知识丛书”之一。辛弃疾是我国文学史上公认的一位杰出的爱国作家。他的一生充满戏剧性和传奇色彩。他的主要业绩影响深远，感动后人，但要用较短的篇幅表达出来，并非易事。夏先生此著文字不长，却多侧面、立体式地生动描绘了辛弃疾的历史形象。此著的重要表现手法之一，就是以近于讲故事的叙述形式，将辛弃疾的政治抱负、战斗精神、文学才能交融于一体，以爱国情怀为主线贯穿始终。书中以通俗易懂的平近语言，将趣味性、知识性和一定的学术性巧妙地结合起来，具有较强的吸引力，受到广大读者的普遍欢迎。

《读词常识》是一袖珍本著作，是应邀在《怎样读唐宋词》基础上根据读者需要进行修订出版的中华书局“知识丛书”中的一种。从目次看，删去了前著中“用典”“檃括”“集句”“用字面”“用代字”“用虚字”以及“后录”等内容，增加了对词书如“词选”“词集”“词谱、词话、词韵”的介绍。全书总字数比前著有所减少，但在行文过程中，并不是一味压缩，而是根据需要在文字上有增有减，如介绍“曲子词”时，前著用了四百五十字左右，而此著则插入具体例子，扩写到九百多字。在讲“词与四声”时，前著有一万多字，而此著则七千字左右。充分考虑广大读者的需要，是文章长短、字数多少的首要前提。

在20世纪50年代至60年代初期的十多年中，夏先生在杭州大学授课之余，为满足广大读者欣赏唐宋词的需要，写了不少评介性文章，分别在多家报刊发表，得到社会广泛好评。1980年，天津百花文艺出版社将这些文章结集出版，仍名《唐宋词欣赏》。因读者热切需要，第一版即印行10万册。

2002年，北京出版社又将《唐宋词欣赏》编入其“大家小书”的第一辑。袁行霈先生在“大家小书”丛书序言中说：“所谓‘大家’包括两方面的含义：一、书的作者是大家；二、书是写给大家看的，是大家的读物。所谓‘小’者，只是就其篇幅而言，篇幅显得小一些罢了。若论学术性则不但不轻，有些倒是相当重。”夏先生的《唐宋词欣赏》正是这样。上文介绍的《怎样读唐宋词》《唐宋词选》《弃弃疾》《读词常识》等，也是这样。

三　广受关注

夏承焘先生关于唐宋词欣赏方面的文章发表后，立即引起社会广泛关注。不少文学爱好者和青年给夏先生写信，有的直接到学校或到夏先生家当面求教。1961年夏先生在上海编写高等学校教材期间，还有人赶到宾馆去向他请教。同年7月27日他在日记中说：“夕有上海化学工业研究院煤气工段青年工人丘小云，建瓯人，自长风公园远道冒雨涉水来访，云读予《唐宋词选》及《怎样读唐宋词》二书，两月前尝投书《文汇报》询予，昨见予登《文汇报》《贺新凉》词，乃来国际饭店十三楼，云毕业高中时已好古典文学。灯下为讲秦观《鹊桥仙》，殷勤道谢而去。云归途须行一小时余，尚须上十一时夜班工。其好学可感。”

夏承焘先生的唐宋词鉴赏文章，也为学术界所关注。1961年2月，《文汇报》编辑朱近予同志写信告诉他，“文章发表后，反映很好”，“刘大杰、马茂元、陈向平在报社举行的座谈会上皆极称道，认为材料新，观点明，对读者甚有帮助”。

夏先生的唐宋词鉴赏文章，还引起中央有关领导同志的关注。其《读辛弃疾的〈水龙吟·登建康赏心亭〉》于1962年12月23日在《文汇报》刊发后，胡乔木同志即于同月30日给夏先生写了信，提出了自己的学术观点，信中说：“承焘先生：顷读大作谈辛词《水龙吟》一文，略有所见，写上呈政。词中下片首两句，先生以为反语，这种说法，对帮助读者了解稼轩抱负之不同凡俗，可能是好的。但作者原意果否如此，似尚有斟酌之必要。我国封建时代地主阶级文人羡慕归隐，几成通例，虽豪杰之士如稼轩者亦不能免，此在辛词中所在多有，即在与此作同一时期、用同一故实以示对张翰之向往者，亦屡见不鲜，所以这里很可不必曲为之说。‘求田问舍’云云，直承上文，只是深一层来宣泄自己的痛苦心情，盖退不能享乐泉林，进又不能报国救世，心非许汜，而迹无以异之，坐视华年，冉冉以去，此真所谓大无可如何之日，故欲红巾翠袖为之一揾英雄泪也（红巾翠袖解为《离骚》求女之意，亦失之凿）。此词用意本甚显豁，先生一代词学大师，岂待班门弄斧。意者或求之过深，将以现代进步观点要求古人，解释古人，遂不觉大义微言，触目皆是。前之释苏词‘朱阁’‘绮户’句，殆亦生此耳。古人之进步，终不能如今人之进步，其于君臣男女家国出处之间，观点径庭，直不可以道理计。我们只要还古人一个本来面目，便是马克思主义的唯物主义的历史主义态度。这样，古人留给我们的好东西，其价值并不因而减少，反之，亦未必因而增加。私见如此，不敢自必，献之高明，曾其或有一助乎。‘书造口壁’词，解释很好，邓广铭先生考辨金兵实未追至造口，但宋后确曾逃经造口，谓与此词起兴不相涉，理由似不能认为充足。”胡乔木同志于工作繁忙之中，还认真细读夏先生的鉴赏文章，这使夏先生十分感动，特将乔木同志的信一字不漏地抄录到日记中。

唐宋词是我国民族文化血脉中的重要组成部分，向来是人们关注的传统文化的热点领域，但由于某些原因，曾一度似遇禁锢。一当思想获得解放，人们对它的渴求可以想见。然词又由于其特殊内容与形式，往往被视为难以解读的高雅艺术。夏先生面对千万精神饥渴者，不计个人名利，以真切的科普情怀，致力于提升社会古代文化、唐宋诗词素养的赤诚信念，将人们心目中的高雅艺术，转化成公众喜闻乐见的生动语言，拉近了高雅艺术与普通百姓之间的距离，让人们在亲身感知中享受艺术，赢得了社会的广泛关注和好评，产生了巨大影响，增强了唐宋词的社会吸引力和感染力，推动了人们学习唐宋词、喜爱唐宋词热情的高涨，成为唐宋史上的一大景观，使学界更多人认识到唐宋词的学术研究和唐宋词的科学普及，是唐宋词深入研究发展的双翼。原先反对夏先生写普及文章的人，后来又撰文推荐并赞扬夏先生的普及著作。

艺术鉴赏，作为文学功能的实现环节，是我国古代文学批评的一个传统，即使在朴学盛行的清代，也有初具现代美学鉴赏文字某些优长的论著。古典诗词的艺术鉴赏，也古已有之，但又向来称难。中华人民共和国成立后，如夏先生这样较早有意识、有系统地熔学术性与普及性于一炉，平近通俗地解读唐宋词的，似未多见。有一位著名科学家说过，比传授知识更重要的是唤起或激发人们对科学的兴趣和热情。因此，有人说，夏先生为“词学普及做了一流的工作”，“领风气之先”。从国家整体文化事业的建设和发展看，进行高深专精的研究自然是很重要、不可缺少的。但学术研究的本质还是要关注社会、服务人民。毛泽东《在延安文艺座谈会上的讲话》指出：“人民要求普及，跟着也就要求提高，要求逐年逐月地提高。在这里，普及是人民的普及，提高也是人民的提高。而这种提高，不是从空中提高，不是关门拉高，而是在普及基础上的提高。这种提高，为普及所决定，同时又给普及以指导。”没有普及，就很难有提高；提高的目的，也是为了更好的普及。

四　朗咏声声

除了发表深入浅出的鉴赏文章外，夏承焘先生还去多处作平近通俗的鉴赏讲座。那些年，文化艺术活动相当活跃，夏先生常被报社、电台、群艺馆等单位请去讲唐宋词，或作学术报告。他所讲基本都是唐宋词欣赏方面的内容。听讲者有记者、编辑、演员、机关干部、解放军、工人等，有时还有郊区农民。

夏先生进行学术普及教育的又一内容是朗诵唐宋诗词。诗词本来就是吟唱的。他认为要真正读懂读透诗词，吟诵即是一个非常重要的环节。

在“我的治学经验”报告会上，夏先生对朗诵的重要性，作过很详细的论说：

> 不要以为朗诵是没有意义的事，无论是诗歌或散文，从前的作者都在它的音节声调方面花了很大劳力，即使一个虚字，他们也不肯轻易放过。大家知道的故事：欧阳修写那篇《相州昼锦堂记》，开头两句本来是“仕宦至将相，富贵归故乡”。为了句中需要加两个“而”字，他特地

派遣驿马追回已经送出去的稿子。读者在这些地方不可辜负作者的苦心。通过朗诵,可以交流作者和读者的思想感情,也可以考验一篇作品的思想感情的深与浅。有些缺乏感染力的作品,就是朗诵不起来的。有些好作品,教师只要作一次朗诵,学生就能了解它的含义的十之七八,可不必多费唇舌作讲解。通过朗诵,容易了解作品,也容易记住作品。有学生问我:“研究古典文学与研究其他学科有何不同,它的特殊性是什么?”我直率地答道:“‘朗诵’便是研究古典文学的特殊性之一。”

最近我在北京参加中国音乐家协会举办的“九宫大成”演唱会。像苏东坡的一首《念奴娇》,他们用各种方式演唱,有独唱、合唱,有男声、女声,听来很是动人。

所以,夏先生讲课时经常朗诵,作普及性的讲座时更多朗诵,以唤起广大人民群众对古典诗词的兴趣和爱好。

杭州大学中文系1963届有位叫韩长庆(韩廉)的学生,特别爱好音乐和古典诗词。他曾请中文系十多位老师朗诵诗词,并且一一录音,最后配以简谱。夏先生对此很高兴,一连朗诵了六首词,为了便于韩长庆记录,有的词他朗诵了两三遍。后来韩长庆把十几位老师的诗词朗诵乐谱油印汇编成册,夏先生特意为之题写了书名《诗词朗咏谱》。夏先生还曾想资助该书正式出版,碍于当时形势,未能成功,而夏先生当年的朗咏乐谱确是流传下来，为人收藏。

根据韩长庆《诗词朗咏谱》的记录，夏先生当年朗诵的词，有苏轼《念奴娇》（大江东去）、《江城子》（十年生死两茫茫）、秦观《鹊桥仙》（纤云弄巧）、李清照《声声慢》（寻寻觅觅）、陆游《夜游宫》（雪晓清笳乱起）、辛弃疾《摸鱼儿》（更能消几番风雨）。

除了诗词而外，夏承焘先生没有给研究生吟诵过其他形式的文学作品。琦君在《卅年点滴念师恩》中回忆说：夏先生“一口字正腔圆的永嘉官话，同学们听来也许有点特别，我却非常熟悉。因为父亲说的正是同样的‘官话’。尤其是他把‘江’与‘山’念成同一个韵，给我的印象十分深刻。接着他讲解作者刘勰写《文心雕龙》的宗旨，并特别强调四六骈文音调之美，组合之严密，便于吟诵，易于记忆。然后用铿锵的乡音，朗吟了一段《神思篇》，问我们好听吗。我觉得那么多典故的深奥句子，经他抑扬顿挫地一朗吟，似乎比自己苦啃时容易得多了”。在《春风化雨——怀恩师夏承焘先生》中，她又回忆说：“他教《文心雕龙》，每每以铿锵有节奏的乡音高声朗诵那优美的骈文。使我们对深奥的文学理论，好像已领会了一大半。”

1963年5月，夏先生应邀去北京大学讲学，共讲八次，前两次是概论苏（轼）辛（弃疾）词，后六次是讲具体作品。对作品的分析也是以鉴赏为主，同学们听得兴趣盎然。

每次讲课结束前，夏先生又将刚讲的作品再一一朗诵一遍，同学们都报以热烈的掌声。最后两次讲课时，阶梯大教室挤满了人，有的同学就站在过道上听夏先生讲解。有几首词，同学们请夏先生连续朗诵三遍，最后全体起立，以经久不息的掌声送夏先生走出教室。

第五章　域外词学的探研尖兵

任何一个民族的文学，都是在该民族与别的民族的交往过程中，吸取别的民族的精华，而得到发展的。曾经长时期地居于世界前列的包括文学在内的中国文化，为人类的文明和进步奉献出了自己的宝藏。以悠久而灿烂著称于世的中国文学，不仅哺育了地球上人口最多的民族——中华民族，而且对于亚洲，特别是对于日本、朝鲜、越南等国的影响，尤为深远。这种影响，表现在诸多方面，或是典籍的传存，或是题材的模仿，或是内容的启示，或是技巧的借鉴，甚至还表现在某些特殊文学样式的兴起。比如日本、朝鲜、越南填词的滥觞，就明显地受中国唐代的文人词影响。

这一重要文学现象，夏承焘先生很早就予以关注。他在《域外词选·前言》中说：

予往年泛览词籍，见自唐、五代以来，词之流传，广及海外，如东邻日本、北邻朝鲜、南邻越南各邦的文人学士，他们克服文字隔阂的困难,奋笔填词,斐然成章,不禁为之欢欣鼓舞。

夏先生当时所搜集到的域外词作，日本资料较多，朝鲜资料甚难寻觅，越南的只有从前《词学季刊》所载白毫子之作。因此，夏先生将日本词学与中国词学的关系，作为他词学研究的一个重要方面。1961年，语言文学研究室研究生课程，国家规定要学一门外语。夏先生认为学古代文学最好兼学日语。但那时杭州大学没有日语专业，很难找到合适的日语老师。夏先生承担了一定风险，托人请来比鲁迅先生稍后一点留学日本多年的潘锡九先生（他当时还没有摘掉“右派”帽子）为研究生讲授日语课。当《日本的中国文学——日本填词史话》在日本出版后，作者神田喜一郎先生曾将之寄赠夏先生。夏先生收到后很高兴，特作《菩萨蛮·谢神田喜一郎教授寄赠〈日本填词史话〉》:

偏师一战归成霸,朗吟人亦从天下。槐竹各干云,后身应是君。　　词流携屐地,回首今何世?万帜展东风,蓬莱怒海中。

日本明治维新以后，不仅国力变强，词坛也出现令人瞩目的新气象。夏先生认为森槐南和高野竹隐（即词中“槐竹”）

是明治时期的两位杰出词人，他们突破传统观点的束缚，追摩苏轼、辛弃疾，开创了中日词学关系史上的新局面。词中同时盛赞神田喜一郎先生是继槐、竹之后又一词学大家。

夏先生曾经想请潘锡九先生将神田喜一郎先生的《日本的中国文学——日本填词史话》译成中文出版。潘先生原是研究生物学的，他仔细看过神田喜一郎先生的原著，觉得翻译难度甚大，且自己已年过七旬，政治上又有顾虑，故未便动笔。夏先生感到很遗憾。直到2000年下半年，神田喜一郎《日本的中国文学——日本填词史话》才由程郁缀、高野雪二先生译成中文在北京大学出版社出版，书名《日本填词史话》。夏先生《域外词选》收日本词人八家，朝鲜词人只李齐贤一家，越南词人只白毫子一家，附录“土生波斯”（即今伊朗）的唐末词人李珣一家。因此，夏先生平时重点关注的也多是日本词人及其词作。《瞿髯论词绝句·外编》和《域外词选》所阐发的域外词学观点，主要也是探研中国词在日本及汉字文化圈国家的流播及深远影响。

一 箫韶横海

按曲填词最早起于民间。它在民间日益流行时，就引起了文人们的注意。在隋唐之际，已有文人摹仿曲子来填作新词，但那只能视为长短句的萌芽，恐还算不上严格的词。初、盛唐时，文人词仍不多见。黄昇编撰的《唐宋诸贤绝妙词选》以李白的《菩萨蛮》（平林漠漠烟如织）、《忆秦娥》（箫声咽）二词冠其首，且称之为“百代词曲之祖”，但后世不少词论家怀疑李白这两首词的真伪。李白之后，诗人填词之风渐起。盛唐、中唐之交，按着“胡夷里巷之曲”谱而作长短句的人始多。张志和的《渔父》，韦应物的《调笑》，白居易、刘禹锡的《忆江南》，等等，都是很重要的早期文人词。特别是张志和的《渔父》，是文人词作的先声，不仅在当时文坛负有盛名，而且为后世词人纷纷仿效，同时还蜚声国外，尤其对日本词的兴起，产生了巨大的影响。

唐代宗大历八年（773），张志和得知颜真卿任湖州刺史，自会稽（今浙江绍兴）驾舟往谒。颜真卿慕其“高逸”，待之若上宾。暮春三月，桃花水涨，鳜鱼肥美。颜真卿会饮门客及名士，以此为题，唱和《渔父》词。首唱者即张志和。其词曰：“西塞山边白鹭飞，桃花流水鳜鱼肥。青箬笠，绿蓑衣，斜风细雨不须归。”今传张志和首唱《渔父》词共五首，另四首是：“钓台渔父褐为裘，三三两两舴艋舟。能纵棹，惯乘流，长江白浪不曾忧。”（其二）“雪溪湾里钓鱼翁，舴艋为家西复东。江上雪，浦边风，笑著荷衣不叹穷。”（其三）“松江蟹舍主人欢，菰饭莼羹亦共餐。枫叶落，荻花乾，醉宿渔舟不觉寒。”（其四）“青草湖中月正

圆，巴陵渔父棹歌连。钓车子，橛头船，乐在风流不用仙。”（其五）

夏承焘先生认为，这五首是一组词，是一个统一的艺术整体。其主旨，不是实写某人某地某事，而是泛写以三江五湖为家的渔父的艺术形象和理想情怀：行踪飘忽，出没不定，自由自在，无拘无束。面对浑浊的社会，不公的世道，这种理想化的心理描写可能表达了不恋仕途、不慕荣华、遁迹江湖、怡情山水的隐居之趣，也可能寄托着无所拘约但又有所追求、任性自然但又不回避现实的人生之乐。这种隐居之趣和人生之乐的艺术表现，给人以不尽的余音和无穷的联想，唤起历代文人的深深共鸣。它不仅在国内博得广泛反响，传诵不衰，而且影响深远，及之于域外。

张志和的《渔父》词有不少别名，有称《渔父歌》，有称《渔歌》，有称《渔父引》，通常多称《渔歌子》。夏先生认为此《渔歌子》写“后四十九年，传至日本，为日本填词开启了无限门径”。他在《瞿髯论词绝句》中盛赞张志和：

羊裘老子不能诗，苕霅风谣和竹枝。
谁唱箫韶横海去，扶桑千载一竿丝。

著名隐士严光，曾与汉武帝刘秀同学。刘秀即位后，他隐姓埋名，退居不见。后被召至洛阳，授谏议大夫，他拒不肯就，归隐于富春江，披羊裘钓于江上。李德裕在其《玄真子渔歌记》中曾把张志和与严光相提并论：“隐而名彰，显而无事，不穷之达，严光之比。”夏先生这首绝句中的“羊裘老子”，就是喻指严光，以其高洁情操比衬张志和。继而赞美张志和不止是一个“烟波钓徒”，更是一名擅于“风谣和竹枝”的词家。其词“横海”东播日本，“为彼邦词学开山”。

二　樱边鬗簟

夏承焘先生认为，日本填词之学，至今已有一千多年的历史，世代相继，自有体系。作为一个民族独立的文学样式，日本词学自然有其特有的传统和发展的轨迹；但是，作为意识形态的文学，毋庸讳言也受到了外来文学的影响，特别是受到中国词学的影响。中日学者都认为，日本填词开始于嵯峨天皇。而标志日本词学萌始的嵯峨天皇的词作，就是对张志和五首《渔歌子》的仿作。

日本学者青木正儿首先提出日本词学发轫于嵯峨天皇。神田喜一郎在其《日本填词史话》的《填词的滥觞》一节中，对此作了进一步的论述：“在我国开始填词的第一人到底是谁呢？平安朝初期，即淳和天皇天长四年（827），良岑安世奉诏令当时的硕学通儒滋野贞主等编撰从奈良朝到当时的诗文，这就是总集《经国集》。在这部书的卷十四里收有嵯峨天皇御制的《渔歌子》五阕，和三品有智子亲王、滋野贞主奉和所作的七首《渔歌子》。”于是，他下结论说：“这实在可以说是我国填词的滥觞。”并且，他还郑重其事地纠正了过去的有关说法：“江户时代末期的田能村竹田在自己的名著《填词图谱》里，将兼明亲王作为我国填词的开山始祖。此后以来，这久已成为学术界的一般提法。但是，既然嵯峨天皇有这样的御制作，毫无疑问要订正这种说法。在日本汉文学史上，我们当然要把嵯峨天皇推为填词之开山祖。”

夏先生认为，嵯峨天皇君臣唱和的十二首《渔歌子》，恰恰是张志和五首《渔歌子》的摹拟之作。嵯峨天皇“在祚”时所作五首《渔歌子》是：“江上渡头柳乱丝，渔翁上船烟景迟。乘春兴，无厌时，求鱼不得带风吹。”（其一）“渔人不记岁月流，淹泊沿回老棹舟。心自效，常狎鸥，桃花春水带浪游。”（其二）“青春林下渡江桥，湖水翩翩入云霄。烟波客，钓舟遥，往来无定带落潮。”（其三）“溪边垂钓奈乐何，世上无家水宿多。闲钓醉，独棹歌，洪荡飘飖带沧波。”（其四）“寒江春晓片云晴，两岸花飞夜更明。鲈鱼脍，莼菜羹，餐罢酣歌带月行。”（其五）

有智子公主的两首“奉和御制”之作其一为：“白头不觉何人老，明时不仕钓江滨。饭香稻，苞紫鳞，不欲荣华送吾真。”其二为：“春水洋洋沧浪清，渔翁从此独濯缨。何乡里，何姓名，潭里闲歌送太平。”

滋野贞主的五首“奉和御制”之作是：“渔父本自爱春湾，鬓发皎然骨性明。水泽畔，芦叶间，拏音远去入江边。”（其一）“微花一点钓翁舟，不倦游鱼自晓流。涛似马，湍如牛，芳菲霁后入花洲。”（其二）“潺湲绿水与年深，棹歌波声不厌心。砂巷啸，蛟浦吟，山岚吹送入单衿。”（其三）“长江万里接云霓，水事心在浦不迷。昔山住，今水栖，孤竿钓影入春溪。”（其四）“水泛经年逢一清，舟中暗识圣人生。无思虑，任时明，不罢长歌入晓声。”（其五）

夏先生曾说，如果将嵯峨天皇君臣的这些唱和之作，与张志和的五首《渔歌子》原作对照比读，便不难发现，它们之间有许多惊人的相同、相近、相似之处。首先，手法相同。张志和的《渔歌子》，为单调五句小令，每首末句第五个字均用“不”，此为其独特的手法。嵯峨天皇君臣亦深谙其妙。嵯峨天皇每首末句第五字都用“带”字，有智子公主每首末句第五字都用“送”字，滋野贞主每首末句第五字都用“入”字。

其次，韵律相近。张志和《渔歌子》词，每首五句，一、二、四、五句押韵，且皆押平声韵，如第一首，“飞”“肥”“衣”“归”，押平声微韵。所押之韵，皆各在同一韵部。嵯峨天皇的五首和作，都严格遵循张志和原作的押韵规律，如第一首，“丝”“迟”“时”“吹”，押平声支韵，等等。有智子公主的两首和作，一首遵循原作押韵规律，另一首却小有变化。如第一首，“老”，上声皓韵，“滨”“鳞”“真”，则是平声真韵。滋野贞主的五首和作，第一首变化较大，“湾”“间”，平声删韵，“明”，平声庚韵，“边”，平声先韵。而后四首则遵循原作的押韵规律。

最后，命意相似。嵯峨天皇在词中以“烟波客”“常狎鸥”“无厌时”“闲钓醉”等特定的语言形象，塑造典型环境，表现“渔人不记岁月流”“溪边垂钓奈乐何”。而且还以西晋张翰作比，申述自己的情怀。其“鲈鱼脍，莼菜羹，餐罢酣歌带月行”，与张志和以“菰饭莼羹亦共餐，枫叶落，荻花乾，醉宿渔舟不觉寒”所表现的思乡怀里之情和弃官归隐之乐十分相似！神田喜一郎在《日本填词史话》中感慨地说：“并读二者，我们体会到这两组词都充满了高雅冲淡的情趣，令我们佩服的是天皇不只是仿效原作的形式，而且也成功地学到了原作品的精华。”有智子公主和滋野贞主的和作，皆不乏冲淡平和之味和雅洁清朗之趣，其命意亦差近张志和的原作。

根据神田喜一郎的考证，嵯峨天皇和张志和的五首《渔歌子》，作于日本弘仁十四年，即唐穆宗长庆三年，亦即公元823年。其时，距张志和于唐大历九年，即公元774年作

《渔歌子》，仅仅过了四十九年！

词，作为唐代一种新兴的文学样式——特殊格律的抒情诗，以如此迅捷的速度流播东国，影响彼邦；日本作家又以如此迅捷的速度吸取它，消化它，并使之成为自己民族的文学样式，用以抒发自己的感情，潜心创作，斐然成章。这是一衣带水的两个邻邦友好交往长河中的一朵耀眼的浪花，是中日两国文化交流史上一大盛事！夏先生深为感慨！他在《域外词选·前言》中说："忆得往年编选域外词过程中，曾写有论词绝句数首。兹移录于此，作为此书简短的前言。"此《前言》中第一首绝句即是《日本嵯峨天皇》，对这段文化交流史赞叹不已：

> 樱边鬌箓迸风雷，一脉嵯峨孕霸才。
> 并世温馗应色喜，桃花泛鳜上蓬莱。

词下又自注云：

> 日本词学，开始于嵯峨天皇弘仁十四年(823)《和张志和渔歌子》五首，是为日本词学开山。上距张志和原作，仅后四十九年，迄今已有一千一百五十多年了。其时温庭筠才十岁左右。《北梦琐言》谓"温庭筠号温钟馗"。

三　莼鲈秋讯

夏承焘先生认为，中日文化交往，两宋时代不及唐代频繁。到了明清时期，随着一些中国文人东渡，中国词学在日本又得到传播，及至江户时期，日本词学形成了空前繁荣的景象，涌现出一些重要词人。野村篁园即是其中杰出的一位。他为人清高，处世低调，矢志钻研包括词、赋在内的中国诗歌，在日本词史上占有重要地位，神田喜一郎盛赞他“对填词的努力是相当了不起的”。夏先生很赞同神田喜一郎先生的看法，并认为野村篁园受南宋史达祖梅溪词影响尤为明显，其咏物之作多可为例。

如野村篁园的《双双燕·本意》：“禊辰渐近，早沧海飞回，一双羁羽。乌衣巷冷，重访故巢何处？只为依依恋主，又不择、雕梁绣户。春塘竞啄芹泥，晚径斜冲杏雨。　　将诉。经年离绪。向绿绮窗边，细传喃语。往踪堪认，犹系足间红缕。最爱微风院宇，乍趁蝶、轻穿芳树。试问玉剪珠帘，谁续太初佳句？”这首词的题目“本意”，即是指其意与词牌“双双燕”相同，是咏写双燕之作。初春时节，往年的燕子从天南海角飞回，重访旧时主人及雕梁老巢。但空屋无人，使燕子感到有些冷落凄清。而燕子仍竞相努力，建造新居，并不时与似曾相识的绮窗绣户细语重逢。词中处处写燕，但又不局限于写燕，而是以燕之双飞，形影之不离，冬去春来习性之不变，暗示人世多变、思妇伤春的主题。野村篁园这种含蓄曲折的表现方式，即是对史达祖同类作品《双双燕·咏燕》的模仿。史达祖词云："过春社了，度帘幕中间，去年尘冷。差池欲住，试入旧巢相并。还相雕梁藻井，又软语、商量不定。飘然快拂花梢，翠羽分开红影。　芳径。芹泥雨润。爱贴地争飞，竞夸轻俊。红楼归晚，看足柳昏花暝。应自栖香正稳。便忘了、天涯芳信。愁损翠黛双蛾，日日画栏独凭。"这是史达祖创制的自度曲，亦是其最负盛名的代表作。词牌、词题与内容一致。野村篁园的仿作，从词牌、词题到主题内容、叙述层次，都与史达祖的原作相近。只是他们在行文中所用的典故不同。夏先生认为，都是咏物词，野村篁园对史作的独特表现形式，也似深有所悟。其一，取媒妥帖。刘熙载《词概》云："昔人词，咏古咏物，隐然只是咏怀，盖其中有我在也。"咏物之作，多不在于斤斤写物，而重在写人。即以"物"为媒介，抒发人的思想感情。咏物词中"物"与"情"的相通点或同一性抓得越准确越妥帖，其艺术效果就越好。史达祖以具有特殊自然习性的燕子作媒介之"物"，首创《双双燕》词牌，在词中融入闺情，流露出伤春惜春、世事无常的情感，是十分贴切的。野村篁园几乎一步一趋地模拟史达祖而作《双双燕·本意》。通篇咏燕，曲表闺情，又语涉人世，物事难定，虚实得当。夏先生还说过，好的咏物词，应该写得有虚有实，若即若离。所谓虚，主要指在对客观之“物”艺术处理的疏略或作者通过艺术想象所概括的意境；所谓实，主要指忠实地刻画客观之“物”的自然形貌或作者直接袒露感情，抒发感慨。史达祖在《双双燕·咏燕》中实写飞燕，虚写思妇，实中有虚，虚中有实。野村篁园在《双双燕·本意》中亦是如此，实写双飞燕形影不离“细传喃语”，虚写思妇的寂寞生活，实写双飞燕在大自然中“斜冲杏雨”的欢快，虚写思妇独守闺中的悲伤。这样虚实相间的描写，曲折而饶有意趣，含蓄而富有人情。野村篁园对史达祖的艺术技法加以巧妙运用，可谓是史达祖的域外知音。

又如，野村篁园用史达祖词韵所填《东风第一枝·梅花，用史邦卿春雪韵》：“宿冻才消，晴漪渐皱，阳梢暗逗轻暖。玉人未展愁容，笑涡贮春犹浅。烟桥独立，更衬着、龙绡柔软。怕远楼、画角三声，舞影学他飞燕。　云淡漠、冷光照眼。风料峭、嫩芳扑面。一番报信吴溪，五分引游蜀苑。黄昏纤月，隔瘦竹、半弯如线。似翠禽、唤梦林间，依约缟衣重见。”这词明确标示严格袭用史达祖（字邦卿）《东风第一枝·咏春雪》韵脚。史词云：“巧沁兰心，偷粘草甲，东风吹障新暖。漫凝碧瓦难留，信知暮寒轻浅。行天入镜，做弄出、轻松纤软。料故园、不卷重帘，误了乍来双燕。　　青未了、柳回白眼。红欲断、杏开素面。旧游忆着山阴，厚盟遂妨上苑。寒炉重暖，便放慢春衫针线。恐凤靴、挑菜归来，万一灞桥相见。”夏先生认为，史达祖这首咏物名作，为野村篁园所仿效，至少在以下两方面表现尤为明显。其一，咏物而不滞于物。野村篁园仿作全篇咏梅，却未有一字直接说“梅”而点破题面，但又句句写梅。词中以美人的丰姿卓韵作比，描绘梅花的百态千姿。其笔触之细腻，情致之委婉，措辞之淡雅，也近似邦卿词格调。其二，赋形而形神俱肖。野村篁园词上片重在写梅花白天的外貌形态，下片重在写夜晚的内质风韵。黄昏之后，纤月映照，寒风飘来，幽香袭人。这种特有的环境，不仅怡人心神，还引来翠鸟驻足枝头。透过字面，词的结句与词的上片呼应，也是用美女的典故比衬梅花。《龙城录》曾记载：隋朝赵师雄行经罗浮山，天寒日暮，在松林中遇一美人，同到酒店饮酒，又有一绿衣童子歌舞助兴。赵醉寝，天明起，只见身在大梅树下，树上有翠羽群鸟鸣叫。这个典故包括史达祖作品在内的南宋咏梅诗词中多次用过。野村篁园也袭用，并不生僻难懂，既烘托出题意，又使词的语言含蓄蕴藉，而且对梅花这一“物”象，在形似基础上，积极追求神似，以达到物我融洽、形神俱肖的境界。夏先生还认为，史达祖对梅花情有独钟，除自号“梅溪”、词集名“梅溪词”外，其词集中咏梅及言梅竟有三十多处，约占其全部作品的四分之一。而野村篁园《秋篷笛谱》中的咏梅之作，竟然也有十四首之多。这恐怕不是巧合，也是野村篁园追摹史达祖的一又体现。

野村篁园《秋篷笛谱》中有咏物词九十四首之多，约占其全部词作的百分之五十五，不仅数量很多，而且工巧精美。夏先生在《域外词选》中选日本词人共八家、词作七十四首，其中选野村篁园词作多达十五首，入选的十五首词中竟有十三首是咏物之作。在《瞿髯论词绝句》中，夏先生对野村篁园的咏物词给予很高评价：

> 待缝白纻作春衫,要教家人学养蚕。
> 动我老饕横海兴,莼鲈秋讯似江南。

盛赞野村篁园“咏物之作甚多，咏食物即有柑、笋、蚕豆、银鱼、蟹等”，“以史梅溪刻划之笔，写江乡风味，令人有莼鲈之想”。

四　梦路海东

夏承焘先生曾说过，日本人素有喜爱中国唐宋文学的传统。他们以顽强的毅力克服重重困难，刻苦学习宋词，对于中国传去的词书视为珍宝，对于中国东渡的文人学者甘拜为师。康熙四年（日本宽文五年，1665），浙江人朱舜水到达日本，日本词人一月之内四次向他求教有关词的声律问题。康熙十六年（日本延宝五年，1677），杭州高僧心越禅师东渡日本，他精通诗词，带去自著的《东皋琴谱》和《琴谱》，日本词人立即将之刊行，并在每首词右旁以片假名注唐音，左旁注谱。类似这些生动的事例很多，表明中国词学的东传促进了日本词学的长足发展，使明治时期成为日本词学的黄金时代。夏先生认为，这一黄金时代最为杰出的词人是森槐南。平时言及日本词人，他说得最多的也是森槐南，说其在日本词史上的杰出贡献是突破传统观点束缚，卓然特立地追摩中国苏轼、辛弃疾等豪放派词人，进行新人耳目的创作，并且在理论上推举苏辛，崇尚豪放。

比如，他奇思妙想，以词畅怀。明治十九年（1886）岁暮一夕，森槐南词兴大发，一气呵成《百字令》叠韵四首，后又作叠韵二首。其友高野竹隐即和词六首。森槐南又续叠韵，前后共十首，皆发表于明治二十年（1887）《新新文诗》二十集。其首韵词题为“夜与客饮，酒酣兴旺，走笔填词自题小照后，以代答宾戏”。不难想象当夜其兴奋之状，奔迸之情。神田喜一郎在《日本填词史话》中评这几首《百字令》“实在是激昂排宕，此词完全可以说得辛稼轩之真髓”。夏先生举其第二首作过说明。其词云：“梦为胡蝶，赴大罗天上，众香之国。栉栉银云花四照，鸾御前驱凤戟。若木红腾，流霞紫夺，一擘蟠桃惜。三千年里，此时才见春色。　　讵想大小游仙，黄粱炊许，顷刻分喧寂。天乐飘飘犹在耳，惝恍离迷无极。忽悟空华，何如旷达，尽掣蛟龙笛。一声吹破，笑将如意硼击。”全词八韵，借用《庄子·齐物论》、《元始经》、《维摩经》、李贺《秦王饮酒》诗、《山海经》、东方朔《海内十洲记》、班固《汉武帝内传》、沈既济《枕中记》、李肇《唐国史补》、《晋书·王敦传》等书籍和诗歌中的典故，表达自己在现实中不便明说或难以尽述的情怀。全词大意是：在酒酣兴旺之后，突然不知不觉顿入梦境，自己竟变为蝴蝶，飞向无边无际的天外之天，那边的亭台楼阁都散发着不尽的香气。天色渐渐亮起，云彩如花，金龙宝殿里外通明，武士仪仗队前驱开道，神仙纷纷降临。行至日落之处，又见神树若木，红腾烂漫，如云朵翻舞，五彩夺目，太阳落下，可尽情品尝那难得一见的蟠桃，这是三千年才有的瑰丽如春之景！可是没有想到，这美妙奇异之境，却如大小游仙诗，也似卢生的荣华富贵，一晃而过，顷刻即消！而天乐之声，仍萦回耳际。忽然又从梦中醒来，睁眼一看，什么也没有。空空旷旷，仿佛蛟龙没，笛声破，自己也不禁大笑，手舞足蹈，乘兴敲击象征吉祥的如意。在一首词中，运用那么多的典故和诗句描绘神仙佛国，展现奇梦异境，在日本词中实为罕见，但又不是游戏之作。该词在诙谐戏谑之中孕含着深深的感叹，曲折地表达自己郁闷的情愫和隐微的意绪。

夏先生认为，这类外诙内庄、曲表心结之作，在苏轼、辛弃疾词中并不罕见。如辛弃疾长题为“赵昌父七月望日用东坡韵，叙太白、东坡事见寄，过相褒借，且有秋水之约。八月十四日余卧病博山寺中，因用韵为谢，兼寄吴子似”的《水调歌头》：“我志在寥阔，畴昔梦登天。摩挲素月，人世俯仰已千年。有客骖鸾并凤，云遇青山赤壁，相约上高寒。酌酒援北斗，我亦虱其间。　　少歌曰，神甚放，形则眠。鸿鹄一再高举，天地睹方圆。欲重歌兮梦觉，推枕惘然独念，人事底亏全？有美人可语，秋水隔婵娟。”全词除开头和结尾，通篇都是写梦境，以奇丽的典故和前人诗句展现梦境。在梦中，没有生死之分，没有古今之隔，没有远近之别，遇到李白和苏轼，与他们相约，结伴遨游极高极远的太空之处。在北斗旁边，以斗勺酌酒，开怀痛饮。这种奇思异想的描写，令人顿生腾空飞举之感。但美妙的梦境非常短暂，还想再歌唱一遍时，却突然醒来，所见现实全非梦中之事。而作者所写，也非游戏，而是寄情于梦，借梦抒怀。从这首词中即不难看出，神田喜一郎所云森槐南的《百字令》“激昂排宕”，“完全可以说得辛稼轩之真髓”，是切中肯綮之言。

夏先生还说，森槐南词关注民瘼，以词悯农。明治十八年（1885），《新新文诗》第三集，载有森槐南《台城路·七月三日纪事》，词云：“江南人说伤心话，千村万村遭水。舶趠风前，黄梅雨后，节候常年如此。今番又是。见桥堕堤崩，决涛奔驷。惨祸滔天，众其鱼也可知耳。　　农夫呜咽暗哭，似哀鸿遍野，闻者酸鼻。唤女爷娘，寻亲姊妹，儿魄妻魂泥里。天乎忍矣。蓦荡尽田庐，漏生知几。便漏残生，也当饥饿死。”全词叙写农村惨遭水灾之苦状。上片重在写洪水的凶猛。桥塌堤决，村庄淹没，白浪滔天，万尸漂浮。下片重在写人们的苦难。满目灾民，哀鸿遍野，号哭不绝，求救无门，即使万幸逃生，也将饥饿而死。作者如此细致地直写灾情惨状，充分表现了他对农村和农民的关心和同情。神田喜一郎在《日本填词史话》中说：“对我国人来说，直到现在为止的填词，不过是抒发儿女之情，叙述闲适之趣，乃至限于咏物之作等东西。”而森槐南却不囿陈规，勇于创新，关心农民疾苦，以词反映农村苦难，这在日本词史上十分难能可贵。这也是他效法中国词学的又一表现。

中国文人以词描写农村农民题材始于苏轼。如宋神宗元丰元年（1078）春天，徐州遭旱灾，初夏得雨，旱情缓解。作为知州，苏轼遵照古时习俗，亲往东郊石潭求雨，雨后又主持谢神仪式。借此机会，他走近农村，写了五首《浣溪沙》，从不同角度反映了农村景象，把黄童、白叟、采桑姑、络丝娘、桑麻、蒿艾、篱门、缫车、枣花、黄瓜、麋鹿、猿猱等山野事物和劳动者形象带入词苑，为宋词注进前所未有的新鲜活力。如其第三首："麻叶层层苘叶光，谁家煮茧一村香？隔篱娇语络丝娘。　垂白杖藜抬醉眼，捋青捣麨软饥肠，问言豆叶几时黄？"词中通过对比，反映灾后农村的不同境况，尤其是下片特写一些鳏寡孤独者和赤贫之家：那些挣扎在饥饿线上，两眼昏花的老人，还拄着拐杖到麦田里去"捋青捣麨"，充塞饥肠。

在苏轼之后，有意识写农村农民的词人是辛弃疾。他被迫弃置赋闲江西农村差不多二十年，在"欲说还休，欲说还休"的郁闷心境下，写了二十多首别具风貌的农村词。如《鹧鸪天·代人赋》："陌上柔桑破嫩芽，东邻蚕种已生些。平冈细草鸣黄犊，斜日寒林点暮鸦。　山远近，路横斜，青旗沽酒有人家。城中桃李愁风雨，春在溪头荠菜花。"词中所写远离抗金前线的农村的宁静和安适，并非全是辛弃疾的主观想象，而从辛弃疾一生始终关心收复中原、统一祖国的爱国赤诚而言，该词更表现出他对和平美好、安居乐业生活的热切向往。

苏轼和辛弃疾的这些词，无论是直接描写农村农民的灾难，还是间接表现对农村美好生活的向往，都拓展了词反映生活的领域，给人们以新风扑面之感，同时在词的发展史上产生了深远影响。远在东瀛的森槐南的农村农民题材的创作，就是这种影响在域外的生动体现。

夏先生还认为，森槐南词直抒心师，以词论词。明治十五年（1882），森槐南别开生面地写作了《水调歌头》，形象地表达他不仅在创作上追摹苏辛，而在理论上也崇尚豪放词人。其词云："文章固小技，歌哭亦无端。非借他人杯酒，何以沥胸肝。毕竟其微焉者，稍觉可怜而已，到此急长叹。精神空费破，心血自摧残。　　论填词，板敲断，笛吹酸。声裂哀怨第四，犹道动人难。摩垒晓风残月，接武琼楼玉宇，酒醒不胜寒。谱就烛将灺，泪影蚀乌阑。"这是一篇特殊作品，既是词，又像散文；既是抒情之作，又像是议论之文。上片描述填词的艰难和困苦，下片述说自己偏向苦中行。词中"板敲断，笛吹酸"句，表现自己奋力接武苏轼的不移之志。"摩垒晓风残月"句，表白自己对中国词坛的独特看法，他认为柳永词中虽然有美女和爱情的描写，但所写的与一般士大夫有所不同，是另一种境界和风格，在写闺阁园亭、伤离怨别之情的同时，也写出了一种关河寥廓、羁旅落拓之感。在一定程度上，柳词内容意境方面的某些拓展，对从婉约词过渡到苏轼豪放词起到了桥梁作用。苏轼的出现，有如黄钟大吕，巨响轰隆，使词坛风气为之大变，冲破了"诗庄词媚""词为艳科"的藩篱，为词的创作注入了一股激情澎湃的新鲜血液，使词成为完全可以和诗相齐并论的言志抒怀的重要文学样式。森槐南独具慧眼，不囿陈见，明确提出要摩垒柳永，接武苏轼，这在当时词坛上是极为难得的、新人耳目的高论卓识！

夏先生认为，词作为一种特殊形式的抒情诗，传至日本虽有一千多年，但早期日本词人的作品，往往限于体式和情辞的模仿，并未形成个人的艺术风格。约在13世纪（相当于我国元代）以后，日本词人的个人风格才逐渐形成，并出现了豪放与婉约不同风格的一些代表性词人。森槐南即是豪放派的杰出代表。神田喜一郎在《日本填词史话》中说："宋代填词存在两派之论，这在中国的研究大有进步的今天，在专家之间，差不多成了常识；然在明治二十年（1887）的昔日，对填词有如此明确的理解者，在我国也不过是屈指可数的几个人罢了。而且在以田能村竹田的《填词图谱》为金科玉律、不敢越此雷池一步的时代，槐南的论说在当时的人们中，是引起极大惊异的新知识。"森槐南勇于冲破词以"抒发儿女之情，叙述闲适之趣"为"正宗"传统的束缚，独标异帜，踵习苏辛，深为学界所肯定。夏先生深有感慨地说过："日人为苏辛派词，当无出槐南右者。"森槐南最为出色之处，是他还能冲破中日语言"歧异"所造成的障碍。其词格律严谨，声情流美，自应是日本杰出词家之冠。夏先生《域外词选》中选日本词人八家、词作七十四首，其中选森槐南词二十一首，几近所选日本词作的三分之一。夏先生《瞿髯论词绝句·外编》论域外词人的有七首，惟独有两首论及森槐南。"梦路何由到海东"，亦是对森槐南的深情推崇。

夏先生对包括日本词学在内的域外词学（主要是对汉字文化圈国家词学）的探研，虽然没有写成像日本词学研究的集大成之作《日本填词史话》那样的鸿篇巨著，但是他的许多高见卓识，早在日本独一无二的词史专著《日本填词史话》中译本出版之前就已形成，见诸文字，而且与被日本学界誉为“不世出的硕学”神田喜一郎先生的观点不谋而合，高度一致！

夏先生对日本词学的探研，拓展了词学研究的新视野，打开了域外词学的新天地，展现了域外词学的人文风貌。夏先生不是孤立地研究日本词学，而是紧密联系中国词的实际，进行比较分析，展示中外文化交流史上的动人篇章，从而说明中国词具有强大的传播力和影响力。同时，夏先生也不是静止地去研究，而是紧密结合艺术作品的实际，表现域外词的美学价值，这对于丰富和发展我国词学研究，无疑是很有现实意义的。

这些都充分表现出，作为“词学宗师”，夏先生在词学研究上令人难以企及的广度、深度和高度。这在现代词学史上也是少见的。

第六章　健笔一流的诗词巨子

夏承焘先生不仅是词学研究家、教育家，而且是并世罕见的诗词作家。其诗词成就，为时所重。唐圭璋先生在《瞿禅对词学之贡献》一文中说："瞿禅少从林鹍翔前辈学词，创作与研究并重，深得朱祖谋前辈的赞赏。"夏先生一生，把诗词理论建设与诗词创作实践很好地结合起来，以自己的创作经验印证前人所见，阐发前人的理论，又从前人的理论中吸取营养丰富自己，提高自己的创作水平。在《天风阁诗集·前言》中，夏先生曾自云"予自幼爱好诗词，十四岁考入温州师范学校以前已学作五、七言诗"。温师卒业时，国文老师张震轩先生临别赠诗云："诗亡迹熄道沦胥，风雅钦君能起予。一发千钧唯教育，三年同调乐相于。空虚未许嗤欧九，奔竞由来笑子虚。听尔夏声知必大，忍弹长铗赋归欤！"得老师的鼓励，夏承焘在温州师范学校读书时，就萌生了创作诗词、钻研词学的兴趣，二十岁以前就作有三十多首词、一百多首诗、十余副联语。因酷爱诗词，善谈艺论文，他与李笠、陈仲陶等并称“永嘉七子”。1920年5月，他与梅冷生、王毓英、陈仲陶等组织文学团体“慎社”，是“慎社”中年龄最小的社员。1920年底，慎社翟楚材先生发起组织了一次四君吟征诗比赛。夏承焘立即作了《王昭君》《卓文君》《李香君》《河东君》七律各一首应征，并被评为冠军。发起者翟楚材先生的评语是：“四首无一字无来历，化浑入静，积健为雄，望而知为斫轮老手，结句尤精神团聚，到底不懈，主人后福，正未有艾，置之冠军，洵无愧色。梅花馆主几生修到，令人钦羡无涯。”参赛时，夏承焘自署笔名为“修到梅花馆主人”。夏先生曾师事著名词学家、瓯海道道尹林铁尊（鹍翔）先生，1921年又在林铁尊先生支持下，参与创立词学团体“瓯社”。三十岁前后，夏先生虽把主要精力放在撰写词学研究著作上，但从未放弃吟咏。此后六十年，夏先生一直诗兴不衰，佳作不断。

中华人民共和国成立后，夏先生第一本词集《瞿髯词》经彭靖先生等帮助，于1976年冬在长沙印行，为油印线装本。上卷选录1951年至1977年作品，下卷选录1921年至1949年作品，全书共选录词作一百五十余首。书名由夏先生亲笔题写。每首词作后均附无闻先生的注释。夏先生第二本词集《夏承焘词集》，于1981年3月由湖南人民出版社出版发行，选录1920年至1980年词作三百首，夏先生自云此集是在《瞿髯词》油印本基础上的扩选。封面由吴鹭山先生题字。每首词后均附无闻先生的注释。夏先生第三本词集《天风阁词集》，于1984年7月由百花文艺出版社出版，选录1921年至1982年词作一百五十首，夏先生自云此集为《夏承焘词集》之续编。书名由吴鹭山先生题字。每首词后均附无闻先生的注释。夏先生的第一本诗集《瞿髯诗》，也是油印线装本，经彭靖先生等帮助，于1977年冬在长沙印行。上卷选录1949年至1977年诗作，下卷选录1923年至1948年诗作，另有补录和附录，共选诗作一百六十余首，联语三副。书名为无闻先生题写。诗作后附无闻先生的注释。夏先生油印线装本《瞿髯词》和《瞿髯诗》，当时印数虽然甚少，但很快流传及于海外。夏先生第二本诗集《瞿髯论词绝句》，于1979年3月由中华书局出版，选收绝句八十二首。1982年再版时又增选十八首（其中论域外词七首），共一百首。夏先生第三本诗集《天风阁诗集》，于1982年1月由浙江人民出版社出版，选录1922年至1981年诗作三百六十余首。书名为吴鹭山先生题字。诗作之后附无闻先生的注释。此诗集于1984年3月，又由浙江文艺出版社出新一版，文字稍有变动。如集中第一首《客思》第二句第一版作“短檠孤对坐深更”，新一版改为“短檠孤对坐更更”。夏先生未选入诗词集的作品，尚有很多。他从十四五岁开始创作诗词，尔后六十年间基本未间断，创作的诗词总数约在一千首以上，几乎每一首都引人入胜，发人深省，为论者所称赞。

一　赤心报国

夏承焘先生少时即有报国之志，曾经想弃文从武。其《严州读放翁诗》有云：

> 儿时学诗好豪语，坐卧挂口翁佳句。
> 十年身世落江湖，题诗半是翁游处。

在《二十五岁过潼关，忆放翁“衣上征尘杂酒痕”句》有云：

> 此身敢当放翁看？酒晕征尘兴未寒。
> 风雨潼关驴背上，自携秋色出长安。

在《登长城》诗中还说：

> 一丸吞海日，九点数齐烟。
> 共拭龙泉剑，相看几少年。

这些都表明，夏先生时刻准备投身社会，施展抱负，报效祖国。作品是时代的产物，作家是时代的歌者。半个多世纪来，我国所发生的重大事件，在夏先生的诗词中，几乎都有一定程度的反映，这些作品中凝聚着他与国家、民族、人民命运休戚与共的感情。

历史悠久的中华民族，抵抗过无数次外来侵略，抗日战争爆发后，面对的是空前野蛮和贪婪的日本帝国主义侵略者。

为了积极动员广大人民群众投身抗日救亡运动，让千百万人民更多了解中国共产党的抗日主张，增强全省人民团结抗日的信心和勇气，中国共产党浙江省临时省委根据中央指示，提出要利用所有宣传方式——戏剧、歌咏、座谈会、纪念会、各种报纸刊物，由各种救亡团体进行广泛宣传。浙江广大文化工作者响应党的号召，以高昂的爱国热情，投入了抗日救亡的洪流。在那如火如荼的抗日救亡文化活动中，戏剧工作者为适应抗日形势需要，因地制宜、因时制宜地开展活动，起到了发动群众、组织群众、鼓舞群众的作用。1937年7月，中国共产党领导的浙江省抗日流动剧团在杭州成立。国共合作后，该剧团改名为浙江省抗敌后援会流动剧团。在浙江抗日救亡史上，抗敌后援会的文艺活动是呼喊民众奋起抗日的前进号角，是鼓舞民众冲向日本侵略者的战斗鼓声。夏先生和所有爱国知识分子一样，关心祖国命运，关心民族前途。在1937年7月28日的日记中，他写道："早阅报……颇动从戎之兴！”8月25日的日记中，他又写道：作《抗敌歌》“此虽俚辞，亦几经易稿，饱食无事，报国者仅此，惭愧惭愧”！他为浙江抗敌后援会作的《抗敌歌》是悲壮激越、豪情满怀的号声鼓角：

尽最后一点血滴，再挪前一步血迹。
奋空拳可击，张空口可啮。
人无老幼，地无南北，今有我无敌。
越山苍茫兮钱塘呜咽。
我念此浙江兮，是复仇雪耻之国！

今无有前方后方，今唯有后起前僵。
拚焦土偕亡，看沿途纳降。
敌昨如狼，敌今如羊，收我刀如霜。
钱塘呜咽兮越山苍茫。
念我此浙江兮，是复仇雪耻之乡！

在大敌当前、危急交迫之时，表达这样的心声，充满必胜信心，即使今天读来仍振聋发聩，令人感奋不已！这首《抗敌歌》1937年8月30日由《东南日报》刊发，在当时流传甚广，影响甚大。

在同一时期，夏先生常读《乾坤正气集》，夏完淳、张煌言的文章使他深为感动！他自责“数十年雕虫琐琐，诚愧对壮夫”，以雷鸣电闪般的满腔热情，写出《军歌》(四章)：

（一）

不战亦亡何不战？争此生死线。
全中华人戴头前，全世界人刮目看。
战！战！战！

（二）

火海压头昂头进，一呼千夫奋。
左肩正义右自由，挽前一步死无恨。
进！进！进！

（三）

死只一回毋轻死，前仆还后继。
炎黄英灵鉴我心，不为报仇为明耻。
死！死！死！

（四）

屡败争此最后胜，嫌怨胜后泯。
与君携手歌大同，鸭绿江清扬子净。
胜！胜！胜！

此歌序言说：

昔黄公度先生为军歌数首，辞甚激昂，但尚不足以语今日抗日之战，爰仿作四章。

夏先生在1937年11月1日的日记中写道："半夜醒，忽成《军歌》数句，遂不成眠。苟于国家少有贡献，予愿牺牲此身。"中华民族的志士仁人不仅勇于献身，敢于抵抗任何貌似强大的侵略者，而且胸怀广阔，热爱世界和平。当"鸭绿江清扬子净"，欢庆抗战胜利之时，他们又能"嫌怨胜后泯"，"与君携手歌大同"！

夏先生曾请人将控诉日本侵略者暴行的《寻尸行》（四首）译成英文，后将"中英文同寄美国友人，托其投美报，为国人呼吁"，希望热爱世界和平的友好人士起来抗议日本帝国主义的侵略罪恶！

在夏先生的抗战诗篇中，有的作品对在战争中牺牲性命的普通军人表示了同情，如1937年8月29日写的《护身符》有云：

千女所缝帛尺余，临行密密妳与姑。
一针一念早归欤，想君远来千踌躇。
呜呼！鲁卫之亲何弯弧，天不悔祸君何辜？
有田可耕读有书，枉以性命供人躯。

1937年9月9日作的《沪战壮士歌》有云：

同气相残悯汝曹，东瀛妻女梦徒劳。

同年9月21日所作的《题日空军斧田邱之助妻敏子致夫书》中写道：

刀光落顶血洒面，我昨梦之心胆战。
锦书在手心在家，探怀尺书恨如麻。
呜呼千鸦飞尽木更津，东邻无限秋闺心。
黄昏双泪何人见，青天高高碧海深。

夏先生的抗战爱国诗篇，不仅当时在国内有影响，而且也深深感动了日本友人，有的还译成英文在美国发表，影响深远。如日本著名汉学家、京都大学教授清水茂先生，读了1982年出版的《天风阁诗集》后，感慨深切，特地写信给夏先生：

夏瞿髯先生道席：

前由及门香港黄耀堃君转奉尊著《天风阁诗集》，感谢至深。其中抗战八年[①]诗，皆为敝邦所逼致，读《寻尸行》衷心惭愧，伤心不已；犹有《沪战壮士歌》云"归来满袖黄人血，含泪灯前看大刀"句，胞怀阔大，非敝邦人所及。

①抗战应为十四年，全面抗战八年。

敝邦存留东北孤儿，皆蒙贵国人抚养，长大成人，此情不但高作述之，贵国人素有之，感叹久之，聊抒鄙意，以附此书。专此敬颂。

著绥

清水茂

一九八二·七·七

日本帝国主义者的侵略战争，不仅使中国人民惨遭灾难，而且也使日本人民深受其害。在日本，每四家就有一人死于战场，二百多万妇女失去了丈夫、儿子，几百万儿童成了孤儿。日本军国主义者战败后，存留在中国东北的日本孤儿，都由中国人民抚养成人，所以清水茂先生怀着对中国人民的深厚情谊，表示“衷心惭愧，伤心不已”，“感叹久之”。

夏先生的诗和清水先生的信，都表达了共同的心愿：反对侵略战争，热爱世界和平。

二　情系民生

中国是历史悠久的东方大国。中华民族以勤劳和智慧，创造了全世界领先的古代文明，对人类发展做出过重大贡献。但到19世纪后期，清王朝由盛而衰，陷入危机四伏的境地。20世纪孙中山领导的辛亥革命，使中国近代发生了第一次历史性巨变。但是由于领导这场革命的中国民族资产阶级的力量软弱和政治上的不成熟，以孙中山为首的南京临时政府仅存在三个月，就被以袁世凯为代表的北洋军阀政府所取代。袁世凯等的倒行逆施，使中国陷入了四分五裂的军阀割据和军阀混战的局面。

当时军阀混战对人民、对民族带来的灾难，使夏承焘先生心灵受到震撼，他因此改变了诗笔和词风。1921年他从北京到西安，一路艰难，满目疮痍。北洋军阀的黑暗统治，激起社会各阶层群众的不满和反抗。以孙中山为首的资产阶级革命派，在讨伐袁世凯的斗争失败后，仍继续坚持反袁和护法斗争。袁世凯死后，段祺瑞执掌北京政权，拒绝恢复民国元年的《临时约法》和国会，仍实行军阀专政。1918年，陕西爆发了反对段祺瑞及其在陕西的代理人陈树藩的斗争，胡景翼、曹世英、刘觉民等人在三原树起陕西靖国军旗，于右任先生任靖国军总司令，靖国军成为北方地区唯一响应孙中山护法运动的军事、政治力量，在一隅之地当六省之兵。陈树藩失败离陕后，直系军阀将领阎相文进入陕西，自任督军。阎自杀后，冯玉祥接任督军。其时盘踞在陕西的还有刘镇华、党玉昆、麻振武等大小地方军阀，他们经常为争夺地盘而混战不休。1921年，国民党元老于右任先生在《中秋夜登城楼》诗中写道："夜静云开月已斜，城楼倚杖听残笳。

关河历乱无归路，儿女团圆有几家？浊酒因风酬故鬼，战场如雪放荞花。可怜垂老逢佳节，泪洒戎衣惜鬓华。”这悲壮苍凉的情辞，即是其时凄苦现实的写照。

夏先生从相对平静温馨的鱼米之乡，来到战火不定的纷乱之地，心境落差自然很大。他在1921年的《清平乐·鸿门道中》写道：

吟鞭西指，满眼兴亡事。一派商声笳外起，阵阵关河兵气。　　马头十丈尘沙，江南无数风花。塞雁得无离恨，年年队队天涯。

鸿门，在陕西临潼新丰镇境内，项羽和刘邦曾于此会饮，是历史上著名的鸿门宴发生地。夏先生在词中没有发思古之幽情，也无对昔日旖旎风光的缅怀和对自身的惆怅怜悯，而是发出悲凉激越的愤世伤时之慨叹。

这首词，在夏先生亲自编定的《夏承焘词集》中，列为第一首。夏先生在西安任教期间，还写过一首七律《客思》，其诗云：

细雨檐花照眼明，短檠孤对坐更更。
撄人忧患矜啼笑，阅世风霜逼老成。
天壤此生犹远客，江湖多难未休兵。

故国风物那堪忆，但说梅枝已系情。

此诗写于1922年，其时直系军阀为消灭靖国军，调集三万之众，进犯陕西武功。靖国军因寡不敌众，加之内讧而最后失败。于右任先生在《民治学校园纪事》诗有云："满目山河余战垒，万家歌哭又桑田。""三秦子弟多冤鬼，百战河山倒义旗。"夏先生在诗中同样对兵荒马乱、山河涂炭发出悲苍感慨，表达民胞物与的深切之情。夏先生自述在二十岁前后曾积有诗作百余首，但他都未将之收录在自编的诗集里，而将这首《客思》作为《天风阁诗集》的第一首，足见他对人民苦难的深切同情。

1949年5月3日杭州解放，夏先生欣喜异常，作诗云"老来奇事见河清"，欢呼太平祥瑞之世在盼望中到来。又作词云"醒来湖上新晴"，"前游浑似前生"。他精神焕发，积极投身各种活动，还热情鼓励学生参加军事干校，并举杜甫、辛弃疾为例，说明应在生活中作学问。浙江大学文学院部分师生于1950年12月28日至1951年1月10日去嘉兴真西乡参加土地改革。夏先生心情激动，一连写了十二首诗畅述感受。如其一：

人群新史破天荒，我亦心头更亮堂。

垂老不须嗤秃笔，自呵冰雪写春光。

其十：

麻木如何名不仁，此言会得几诗人？
少陵三昧无多子，写到黎元笔有神。

其十二：

能同大众共生涯，自有吟情出好怀。
看扫陈言效韩愈，何须多事比诚斋。

这组诗的长题有云“参加嘉兴土地改革，居乡见闻，皆平生所未有”。这种“未有”是农村面貌的巨大变化，“人群新史破天荒”，“家家奇事凭君看”（其八），“随身短锸匆匆去，招手青春面面来”（其九）。这种“未有”，是农民生活的巨大变化，“门前常见几邻童，无父梁郎遇最穷。一点嫩芽霜雪后，从今培护仗春风”（其六），“董叟孤栖不自怜，家无丁壮亦分田。儿孙满眼凭君数，东舍西邻几少年”（其七）。这种“未有”，还表现在农民当家做主以后，农业生产形势的巨大变化，“未听田头蛙鼓声，今年已卜好收成。家家奇事凭君看，亩亩青秧比昔青”（其八）。这种“未有”，也表现在作者不是旁观者、欣赏者，而是积极的关注者、参与者、受教育者，“稍稍民间阅苦辛，小诗脱手讶纷纶”（其十一），“近觉读书真细事，工夫日炙雨淋来”（其二），“田头三五牧牛儿，能唱‘是谁养活谁’。汗下令人惭月俸，耳明为汝悟风诗”（其四）。因此，这不是一般的田园诗，是翻身农民的赞歌，是土地改革的颂诗，也是中华人民共和国诞生以后，较早出现的知识分子深受贫苦农民事迹教育的一组系列性绝句。嘉兴土改结束后，夏先生曾在相关会议上介绍了自己在农村的经验体会，不久又报名去安徽参加土改工作。

1951年10月7日，根据华东军政委员会教育部通知，浙江大学文学院师生赴皖北五河县参加土改。陈立先生任土改工作队队长，中文系主任王西彦先生为副队长，蒋祖怡先生为队委。五河县是淮海战役的战区，北区所辖数十个村庄是全县主要的贫困地区。土地非常贫瘠，文化十分落后，耕田全用人力，绝大多数农民都住茅草小屋，全家只有一条棉被，一到冬天都缩在干草堆里。一般农民每天只吃两顿番薯、荞麦、绿豆等煮成的稀粥。凡安排有工作队的农户，由政府适当补给少量杂粮。许多队员睡在稻草铺的地上，年老的教师睡的是绳床，即用几条绳子纵横扎住的一种床，睡时几乎不能翻身。虽然生活十分艰苦，但大家热情都很高，没有一人叫苦。夏先生被选为第九队通讯员，他主动与无地无房无衣无食的赤贫农民陈阿昌结为朋友。中华人民共和国刚成立时，当地地主以价值万千的重金贿赂阿昌，阿昌却视之为粪土，挥之而去，带领翻身农民，斗倒穷凶极恶的地主婆缪孟氏。夏先生被阿昌的事迹深深打动，特作文、作诗、作词赞扬。且看其词：

客何为者？记鹑衣百结，能唱莲花好唇舌。引红旗过市，客又何歌，又何事、独眦众中先裂？　　翻身艰苦事，饿瘪刚肠，钱眼中间几人杰。挥手万千金，缚得於菟，看自有、数根穷骨。算引导、春光仗梅花，有斗惯风霜，老枝如铁！

这首《仙洞歌·赠阿昌》较为丰满地立体式描写了阿昌的性格形象，盛情赞美他是“斗惯风霜”的梅花，是“老枝如铁”的硬汉！

在中国词史上，曾十分难得地出现过少量写农村和农民的作品，但从未有过写贫苦农民主动自觉地与邪恶势力斗争的篇章。这首《洞仙歌》的题材内容是中国词史上的一个重大突破！

三　寻常奇崛

文如其人，诗如其人。夏承焘先生治学高深而精湛，而为人却低调又平近。在评论诗词时他曾说过：

宋人所谓“看似寻常最奇崛，成如容易却艰辛”，乃艺术上最成熟的境界。

因而有学者认为“寻常”而“奇崛”、“容易”而“艰辛”的辩证统一，即是夏先生诗词作品明显的艺术特点之一。如夏先生所作《莫干山杂咏三首》其一：

乱蝉如沸一灯孤，月下遥山淡欲无。
谁共风床话诗思，万松浮梦到西湖。

其三：

窥林眉月亮晶晶，绕屋云峰百朵青。
谁共西泠寻梦去，白莲影底数秋星。

又如他所作组诗《西湖杂诗四十四首》其三：

隔水群山睡态浓，无人先我曳孤筇。
鹭鸶熟识不相怪，锦带桥头日日逢。

其十七：

游人羡我水边楼，我羡游人泛泛舟。
白鸟一双来又去，输他无羡亦无愁。

其三十五：

试桨双娃也画眉，两翁对坐定能诗。
一僧只自垂头睡，正是湖风似酒时。

这些诗作，情景交织，物我融合，不故作艰深，亦无斧凿痕迹，轻轻用笔，淡淡吟及，适可而止，恰到好处，平中见奇，静中有动，巧妙地表达自己对自然美的独特感悟。

夏先生写有多首长调《满江红》和《平韵满江红》词，每首都特色明显，令人难忘，如《满江红·访五河县治淮工农》：

淮泗名都，惊打面、风沙漠漠。问赤手、何人敢犯，蛟龙牙角。百战徒夸天设险，千年共怨邻为壑。幸问君、洗眼见河清，今非昨。　昨相吊，绕枝鹊。今不羡，乘风鹤。有川原还我，秋收春作。已挈鲸涛归澥渤，更开雁碛营京洛。是走千走万此家山，归田乐。

词的上片主要写昔日淮河凶险为患，祸害百姓。下片主要写今日淮河，在工农奋力治理后，流水清澈，造福沃野，丰收在望，万户欢乐。全词语言平近，明白如话，巧妙融入当地民谣，连对偶句也如信手拈来，其表现力和感染力，非千锤百炼而不可得。

又如《减字木兰花·乙卯秋日北京诸词友邀游西山》：

> 西山爽气,今日京华图画里。唤起辛陈,倘识尊前我辈人。　　酒痕休浣,梦路江南天样远。如此溪山,容易重来别却难。

这首小令共八句四韵，每两句一韵，每转一韵，内容一变。上下片过变处承上启下，似连非连，似断非断，但意脉相通，似出人意外，却又在意料之中。全词语言平近，但内容包孕丰富。

这两首词作，无论长调还是小令，其表现力和概括力都令人惊叹。两词也可说是从浅近中显露出奇崛，从平易中表现出艰辛。

细读夏先生的诗词作品，几乎每一首都有一种特有的意趣，耐人寻味，让人遐想，令人难忘，正如有的学者所说，其独特的艺术成就在于“无首不奇，无句不健，无韵不响，无字不炼”。

四　融贯众长

一切杰出的诗词作家，都是从前辈特别是从大诗人、大词人的艺术经验中汲取营养，并有突破，进而形成自己独特的艺术风格。夏承焘先生的诗词创作也是这样。

他在《天风阁诗集·前言》中曾说：

> 假阅《随园诗话》，李义山、黄仲则、龚定庵、王渔洋诸家诗，寝馈其间四五年。

又说：

> 予早年诵诗，颇喜黄仲则，尝手录其《两当轩集》。一九二五年道出山西解县黄仲则客死之县廨，曾为诗吊之。中年以后，亦曾喜学陈后山律体。久之嫌其苦涩，始稍稍诵习简斋，期得其宽廓高旷之致。于古诗，则好昌黎、东坡、山谷，于昌黎取其炼韵，于东坡取其波澜，于山谷取其造句。

夏先生在《天风阁词集·前言》中说其填词则曰：

早年妄意合稼轩、白石、遗山、碧山为一家，终仅差近蒋竹山而已。

在其1934年所作《水调歌头·自题词卷》中说：

一曲喝驮子，自听胜筝琶。伤麟叹凤何意？亦不解催花。满眼郧山苍翠，招手群真天际，无分共餐霞。吾驾指幽冀，打面飒风沙。　笑轻盈，歌婉转，舞夭斜。华胥国里人物，梦醒各天涯。我有七哀九辩，唤起八叉三变，短筑和红牙。此曲不堪续，隐隐万方笳。

此作表示自己不愿走内容较为狭窄、表达近于晦涩的吴文英作词道路，而欲以辛弃疾、元好问为宗，兼取姜夔、王沂孙之长，含宏纳细，另辟蹊径。对于以功业自许的辛弃疾、元好问，他心仪其人，力学其词。当代词人彭岩石先生读天风阁词颇多有得之见，曾云夏先生词较之辛稼轩，虽逊其雄奇，却不见其粗豪，虽输其一世之概，却无其有时消极以求解脱之思。较之元遗山，用事炼句之精湛，审味设色之缜密，或互见短长。较之姜白石，得其空灵而胜其浑厚，扫其生硬而长其圆润。较之王碧山，无其“别有寄托”，胜其雄浑振奋，无其隐晦曲折，多其朗丽畅达。夏先生自述其词“差近蒋竹山”，则为其自谦之辞。夏先生词洗练缜密，语多创获，与蒋捷之作，确有相似之处，其词题材、风格、手法的多样化，亦与蒋捷之作有相类之点。夏先生词自然流动，圆润多姿，则明显高于蒋捷之作。王易《词曲史》论元好问词之长调“扫空凡响，逼近苏辛”，其短调又“婉丽隽永，不让周秦”。借用彭岩石先生这些话来概括夏先生词作中大多数长短调的主体风格，似也未尝不可。

第七章　名山之作的开拓圣手

夏承焘先生从三十岁前后确定研究词学，六十年如一日，矢志不移，初心不变，克难攻坚，殚智竭力，为我国词学事业做出了世所公认的巨大贡献。

清末民国初年，是我国社会急剧变革的年代。在这一时期，新旧两种文化并存，一方面是传统学术的师承，另一方面则是新观念、新方法的输入。这在宋代文学研究中表现得也很突出。而宋代文学研究中，词学研究成就最大，其成果之多胜于宋诗和宋文研究。

近百年来，词学家辈出，词集大量刊行于世，词学由附庸变为大观而盛极一时。张尔田在《彊村遗书序》中说清代词学有四盛：一是万树订《词律》，使倚声者知守律；二是戈载撰《词林正韵》，使倚声者知审音；三是张惠言《词选》出，而后倚声者知尊词体；四是朱祖谋校词精审，可比美于清代朴学大师，“而后校雠乃有专家”。朱祖谋集清季词学之大成，结束了词学的旧时代，开拓了词学的新时代，是承前启后的传薪者。20世纪30年代前后成名的词学家多与他有师生之谊。唐圭璋先生在《朱祖谋治词经历及其影响》一文中说："夏君承焘，自学成才，受朱氏之奖勉，用力愈勤，成绩愈著，朱氏虚怀若谷，乐于论词。"唐圭璋先生在《瞿禅对词学之贡献》一文中还说："我国词学发展至晚清，又呈复兴之势，其词坛复兴基础有二：一是大量词学丛书之涌现，如王鹏运《四印斋所刻词》之精刻，朱孝臧《彊村丛书》之精校，还有吴昌绶《双照楼景刊宋元本词》以及陶湘《续刊景宋金元明词》的影印。二是卓越词人辈出，如王鹏运、朱祖谋、况周颐、郑文焯、文廷式等，各树一帜，自臻高妙。瞿禅在此有利的基础上，进一步专攻词学，继往开来，为发扬祖国优秀的文学遗产做出了巨大的贡献。""他孜孜不倦，著作日富。……不断刻苦钻研，仰攀词学高峰。"

夏先生尽毕生精力，对词学的贡献是多方面、全方位的。他所留下的词学遗产，是一份值得深入探索的宝藏。前文已及者，此不赘言。

一　词人谱系

夏承焘先生的成名巨著是《唐宋词人年谱》。这是他在严州中学任教期间基本写成的。为了写好这部著作，他反复构思，多次修改方案，不断调整思路。在具体写作过程中，又精益求精，力争完善。这从他当年的日记中，便可看出。

1927年11月4日的日记中写道：

拟以四五年功夫，专精学词，尽集古今各家词评，汇为一编；尽阅古今名家词集，进退引申之。自惟事功非所望，他种学问亦无能为役，惟小学及词，稍可自勉。明正当着手为之。

1928年10月30日的日记中写道：

午饭时与乐之谈周草窗生于富春县斋。乐之谓吾辈所居森林校舍，乃前清县署，或即宋时旧址。急翻《严州府志》检之，有云“建德县署在子城东南字民坊，建于宋代，元、明、清沿之”云云。森林校舍正对字民桥，当即旧县署，其为草窗诞生地无疑矣。为之惊喜，晚间成一词，亦颇自珍也。

其所作词是《酹江月》（词仙何许），此词序云：

十七年秋，余挈眷寓建德字民坊黉舍，沿宋至清旧县廨也。偶阅《癸辛杂识》云“先子于绍定四年辛卯出宰富春，壬辰岁余实生于县斋”云云。乃知是周草窗诞生处。方撰词人年谱，得此惊喜。凉夕坐月，即用《蘋洲渔笛谱》中秋对月韵作此，距草窗之生，六百九十七年矣。

1929年4月14日的日记中写道：

翻《齐东野语》，得张氏《十咏图》条，载张先生年与其父维行实，甚喜。据陈振孙跋《十咏图》，考定子野生年与渔隐丛话所载东坡语相差一岁。予作词谱，则从陈说。虽琐琐考求，而得一新证，欲忘寝食也。

1929年4月17日的日记中写道：

词人年谱于诸小家太繁琐，拟先成各大家年谱，小家及非词名家者，或止载其生卒大事。

1929年4月27日的日记中又写道：

拟改作词人年谱，先成各大家十余人，以各小家附大家谱内，如尹焕附梦窗。大家事实太少，不能自为一谱者，亦附见大家谱中，如龙洲附稼轩，末附一年表，则撷各谱大事，以求醒目，不知有当否也。

1929年4月28日的日记中又云：

校梦窗年谱，文翁屡催写交西湖博览会，有一二处尚未自安也。然词人年谱，若能一一如此精心结撰，亦可以示人矣。

再经修改后，“《吴梦窗年谱》一本，由学校寄西湖博览会”。

夏先生虽不是词人谱牒之学的首创者，但他在这方面的成果是最丰富、最扎实、最为突出的。《唐宋词人年谱》是他值得纪念的心血之作，唐圭璋先生誉之为“空前之作”。

这部“空前之作”于1928年至1930年间陆续写成并发表。1933年4月，《词学季刊》创刊号登《张子野年谱》。1933年8月，《词学季刊》第一卷第二号登《贺方回年谱》。1934年4月，《词学季刊》第一卷第四号登《韦端己年谱》。1934年10月《词学季刊》第二卷第一号、1935年1月《词学季刊》第二卷第二号登《晏同叔年谱》（附晏叔原）。1935年4月，《词学季刊》第二卷第三号登《冯中正年谱》。1935年7月《词学季刊》第二卷第四号、1936年3月《词学季刊》第三卷第一号、1936年6月《词学季刊》第三卷第二号、

1936年9月《词学季刊》第三卷第三号连载《南唐二主年谱》。

中华人民共和国成立后，夏先生对上述诸谱进行修改后才定稿，于1955年由上海古典文学出版社（今上海古籍出版社）正式成书出版。国学大师马一浮先生为之题签。夏先生在《自序》中说："早岁尝读蔡上翔所为《王荆公年谱》，见其考订荆公事迹，但以年月比勘，辨诬征实，判然无疑；因知年谱一体，不特可校核事迹发生之先后，并可鉴定其流传之真伪，诚史学一长术也。时方读唐宋词，因翻检群书，积岁月成此十编。"成书后的"十编"是：《韦端己年谱》、《冯正中年谱》、《南唐二主年谱》、《张子野年谱》、《二晏年谱》、《贺方回年谱》、《周草窗年谱》（附录一《草窗著述考》，附录二《乐府补题考》）、《温飞卿系年》、《姜白石系年》（附录《白石怀人词考》）、《吴梦窗系年》（附录《梦窗晚年与贾似道绝交辨》）。因有俞正燮著《易安居士事辑》、梁启超著《辛稼轩先生年谱》、王国维著《清真先生遗事》、邓广铭著《辛稼轩年谱》及《稼轩词编年笺注》等，所以书中没有周邦彦、李清照、辛弃疾等词人年谱。

考订词人年谱，对词人作深入研究，乃至对词学作深入研究，是一项很有意义的工作。若对某个词人生平事迹有深一层的考证，或对某些相关史实的辨核有所创获，则在词学研究方面必有新的突破。《唐宋词人年谱》在词人及词学研究中，就有诸多创获和突破。虽然在夏先生之前，王国维先生著有《清真先生遗事》，已为考订词人行实作了可贵的尝试，但系统构建词人谱牒之学，实自夏先生为始。他通过精深的钩稽和考辨，将词人生平事迹与其作品结合起来研究，使词学从传统走向科学化、系统化和现代化，在词学研究领域具有开创性的意义。早在20世纪30年代，他写的各年谱以单篇形式分别刊于《词学季刊》时，即在学术界引起很大反响，屡为学人征引。

1955年11月，《唐宋词人年谱》结集出版后，再次引起学术界很大反响，赢得高度评价。如夏先生1955年12月25日日记记载："得顾肇仓（学颉）函，谓词人十谱乃前人所未为者。"1955年12月27日日记载："于心叔处见程千帆函，誉词人十谱为自有词学以来未有之著作。"

二　词乐考释

夏承焘先生在词学研究上又一重大创获是对词乐的考释。词是一种特殊形式的音乐文学，由于与音乐关系紧密，词最初即称为"曲子词"，是用来配合乐曲演唱的，须依照曲谱来填写，所以作词又叫"依声填词"。当初一般是先有某种乐曲，然后根据那乐曲的旋律和节奏填上相应的文词，文词句子的长短依乐曲而定，这种“因声以度词”的歌词创作在宋代很盛行，所以词在当时又被称为“乐府”或“新体乐府”。因此，对词乐的研究也就成了词学研究中一个重要内容。

词乐研究者通常引用的唐宋文献主要是《隋书·音乐志》《旧唐书·音乐志》《教坊记》《乐府杂录》《碧鸡漫志》《梦溪笔谈》《词源》《白石道人歌曲》等。由于词是合乐的文学样式，其体制与当时的乐曲宫调密不可分。古人论词往往多有“令”“引”“近”“慢”“阕”“减字”“偷声”“摊破”“转调”“拍”“犯”等常用语，这些既是词学名词，也是音乐术语，若不从对古代词乐的研究入手，就很难得其正解。夏先生通过对姜白石词作的深入探究，对宋代燕乐调法、徵角调、调名体系等重要问题做了解析，对旋宫转调、八十四调、二十八调、十七宫调等方面进行了考证，将宋代音乐文献昭示于学界。在许多词乐元素中，《白石道人歌曲》中，有十七首词旁缀自度曲，不独注明宫调，还详载乐谱，这是七百多年来留传下的唯一完整的宋词乐谱，是研究唐宋词乐的珍贵历史文献。自唐宋词乐失坠以后，它一直被叹为“绝学”。元明之际，几无人能解，清人方成培、戴长庚、陈澧等根据《朱子大全》所载谱式，译为工尺谱，张文虎又重加订正，已得十之七八。夏先生在此前研究的基础上，以攻坚克难的锐气进一步考释，认为“张文虎后，于《姜谱》重有发明者，推近人嘉兴唐兰”，而夏先生对唐氏之说又多有不同看法，在《燕京学报》上发表了多篇重要论文。《姜白石词谱说》继先前研究，又作了进一步的探讨，就白石旁谱的形式、名调的用字、旁谱的破译、校勘旁谱的方法等方面考辨了前人的讹误。其《白石十七谱译稿》，根据清人陈澧有关白石旁谱的译法，进一层将白石歌曲的十七谱全部由宋工尺译为今工尺，使之成为可以探知的艺术文献，为研究宋词音乐提供了可靠的材料依据，为白石歌曲的谱字谱式作了合理的科学的解说和总结，为词乐研究开拓了新途径，其所达到的学术水平，至今似仍难超越。

三 词集整理

夏承焘先生在词学研究上的再一重要成就是对词人别集的整理。词籍整理是词学研究的基础，它能给研究者、阅读者提供无讹误的词书文本。词籍整理以词的辑佚、校勘、考订为主要内容。前人在这方面已做了大量工作，如明末毛晋的《宋六十名家词》，清末王鹏运的《四印斋所刻词》，20世纪朱祖谋的《彊村丛书》、刘毓盘的《唐五代宋辽金元名家词集六十种辑》、赵万里的《校辑宋金元人词》、周泳先的《唐宋金元词钩沉》、王重民的《敦煌曲子词集》、任二北的《敦煌曲校录》以及最有代表性的唐圭璋的《全宋词》。

除了丛刊和总集的汇刻编撰之外，对词人别集的标点校注，同样是词籍整理的重要工作。它为研究某位词人，提供了更为翔实具体、更为丰富可靠的文献资料，是一种难度较大的考证性质的学术研究。夏先生在这方面的成果，如《姜白石词编年笺校》《龙川词校笺》《放翁词编年笺注》等，都为学界所推重。

《姜白石词编年笺校》，1981年由上海古籍出版社出版。白石词的刻本，可考者有10余种，加上写本、影印本，多达30余种，为宋人词集版本最繁多者。夏先生认为，诸多版本中，“以朱氏《彊村丛书》出于江炳炎手抄本者为最上”，故以此为主，与他种刊本对校而成此书。全书除正编外还列有“辑传”“白石词编年目”“辑评”“版本考”“各本序跋”“白石道人歌曲校勘表”“行实考”“承教录”等内容。正编前五卷按年编次，收词作共72首，第六卷收不编年词作12首，外编收非词体的歌辞25首。书中所收作品109篇，全都加以翔实的笺校。书中涉及与词乐有关的问题，如宫调、律吕以及鬲指、住字、落腔等专门术语，还逐一加以考订和笺释，对研究词乐及宋代音乐具有重要价值。夏先生此著不仅是他几十年研究姜白石词的总结，也将有关姜白石词的主要文献资料汇集在一起，搜采众书，校勘精审，钩稽异同，纠正谬误，可称白石词完善之本。

《龙川词校笺》，1961年11月由中华书局上海编辑所出版，为毛边纸线装本。这是中华人民共和国成立后最早出版的一部有关陈亮词的著作。1982年4月，经修改增补后，由上海古籍出版社出版。全书收录龙川词74首，上卷30首（皆见于汲古阁刊《龙川词》），下卷34首（见于《花庵词选》《典雅词》《永乐大典》），补遗10首（见于《全芳备祖》《永乐大典》）。此著之首，列有夏先生的长篇论文《论陈亮的〈龙川词〉》，作“代序”。其中认为：

> 他（陈亮）对于词，有其不同于当时一般词人的看法和作法……他结合政治议论的作品……应该是宋词里估价很高的作品，在文学史上有其突出的地位。可是历来撰写文学史的人不曾注意到它，有的在论宋词的章节里并且没有提到《龙川词》……以我所知，在宋代词家里，能够自觉地这样做，而且做得这样出色——内容是政治，写出的却不是政治语汇的堆砌，这就只有陈亮一人，只有他的《龙川词》里有这一部分作品。

所以，夏先生在此著中，详引陈亮政治奏疏的文字与词作互证，以论证词，以词证论，具体说明陈亮词的思想内容与创作意图。这种校笺方法，在以往的词集校注中较为少见，这成为此著的一大显著特色。

《放翁词编年笺注》，1981年由上海古籍出版社出版。全书共收放翁词145首。上卷收词59首，为放翁入蜀前及蜀中之作；下卷收词86首，其中57首为放翁东归后之作，其余29首为无可编年之作。夏先生指导研究生和进修生有一基本观点，就是学生要与老师一起进行合作研究，光孤立读书是不行的。此书即是夏先生与多位学生长期合作研究的成果。早在20世纪40年代，夏先生曾指导学生彭重熙作《放翁词笺》，后又于60年代指导进修生刘遗贤作《放翁词注》，然后他又嘱研究生吴熊和完成此书的编撰。吴于此书用力尤勤于彭、刘二人，故所获亦特多。此书于能考定作年的各词之后，均有校记、笺注和编年，其体例详赡，搜采广博，校注精审，使放翁词的基础研究达到较高水平。

四　词史宏愿

夏承焘先生一生处在新旧交替的时代，他曾有两大愿望：一是整理宋史，二是撰写词史。由于日本帝国主义者的侵略战争，他的第一个愿望未能实现；由于20世纪60年代中期他被禁足西湖多年，后又身体日差，第二个愿望未能全部实现。

中华人民共和国成立后，夏先生一直想以新的观点、新的方法，写一部新的《唐宋词史》。夏先生对词史的写作，有自己的看法。他认为，词史主要是对词的产生、发展和演进过程的研究。它不仅要对影响这一特殊文体形成发展的各种因素进行探讨，还要对众多词人及其作品的历史地位作出评判，梳理出这一特殊文体的演进线索，划分发展阶段，并总结其演变规律，作出理论的概括和阐释。因此，这是一种综合性的整理研究。对于这种“综合性的整理研究”，夏先生认为不能平铺直叙，要点面结合，突出重点难点，体现主要特色。

从20世纪50年代中期起，夏先生就有意识地为构撰唐宋词史写了不少词史研究的文章。已发表的如《唐宋词叙说》（1955年3月）、《姜夔的词风》（1956年9月）、《唐宋词发展的几个阶段及其风格》（1957年2月）、《读辛弃疾的词》（1957年8月）、《评李清照的词论》（1959年5月）、《辛词论纲》（1959年5月）、《论陈亮的〈龙川词〉》（1960年11月）、《李清照词的艺术特色》（1961年5月）、《论陆游的词》（1963年3月）。另外，还有专著《瞿髯论词绝句》（其中论述唐宋词的有70首左右）。这些作品，从不同侧面表述了夏先生对词史写作的一些观点。文章发表后，他广泛征询意见，及时修改自己的看法。此外，夏先生还曾想与进修生、研究生合作，以答问形式，发表对词史上的一些重要问题的看法。

中华人民共和国成立后，文学被定义为用形象来反映社会生活的语言艺术。包括词学在内的中国古代文学研究，强调以马克思主义思想作指导，运用历史唯物主义的观点和方法，将词放在一定的历史背景下，联系当时的社会经济和政治文化，加以分析说明。夏先生有关词史的论文，也力图建立传统学术文化与现代理论的有机联系，使两者在交融结合的互补中形成新的观点，努力使中华民族优秀传统文化基因与当代文化相适应、与现代社会相协调，以期达到弘扬和传播优秀传统文化的目的。

夏先生曾说过：论词重词品，论人重人品，人品先于词品，词品出于人品。在词史写作中，他也坚持这一观点。对于人品和词品俱佳的作家，对于民族气节和爱国思想突出的词人，他尤为重视。对陆游、辛弃疾、陈亮等词人，他极为崇敬。他多次去绍兴寻访陆游遗迹，还带研究生和助手等去江西上饶寻访辛弃疾遗迹。他对“人中之龙，文中之虎”的陈亮，十分推重。他认为作为重要的爱国词人，陈亮自张一帜，卓然名家。其以政论为词，扩大了词反映生活的领域，唱出了苦难时代的强者之歌，把词的价值提升到一个新的高度，在抒发爱国豪情、促进词体发展的大合唱中，其高亢的歌喉十分引人注意，《龙川词》中一些主要作品的艺术形象，使人凛然于忍辱偷生的可耻，了然于救国图强的光荣。陈亮的词不是像一般文人之作那样多以文字技巧博取读者的欣赏，而主要是以喷涌的热情和悲愤的血泪陶冶人的情操，激励人的行动。

陈亮是一位有多方面成就的历史人物，其气节，为人景仰；其文章，众口争诵；其影响，既深且广。其文集传至日本，即为日本学界所重视，《陈龙川集》及《陈龙川文钞》多次刊行，而且多人仿填词作。夏先生的《瞿髯论词绝句》中，有四首盛赞陈亮。

陈亮梅花诗中有云：“一朵勿先变，百花皆后香。欲传春信息，不怕雪埋藏。”夏先生认为这是咏梅诗中的千古绝唱，是陈亮自我形象的写照。他经常在散步时吟诵这几句诗。有时人家请夏先生写字，他也欢喜写这些诗句。

为了表达景仰之情与收集有关词史资料，夏先生还自费专程去永康寻访陈亮遗迹。他在日记中作了详细记录。

1964年5月21日：

永康访陈龙川遗迹之行今晨首途，同行宋夏心秘书及历史系本科毕业生胡观政。胡生永康古山镇人，毕业论文题为《陈亮的政治思想》，曾往龙窟山访龙川墓，因邀其偕行。去年为龙川诞生八百二十年纪念，今年为其卒年七百七十年纪念，去年欲行不果，今年不能再因循矣。

5月22日：

至县府文教局访胡连法同志，问龙川遗迹，谓河南（永康地名）王张威有陈亮遗事一册在局，因取之来。晤副局长郭行。予告陈龙川在历史上之地位不仅限于浙江一省，应为立纪念馆。……往永康县中访王宣城、胡昌汉教师，问龙川遗事。昌汉同志谓永康八月十三及重阳节打罗汉，或谓创于同甫。观政谓同甫《中兴论》守襄阳有“荆楚奇才剑客，自昔称雄，徐行召募，以实军籍，民俗剽悍，听于农隙讲武艺”之语，打罗汉或习俗所素有，同甫欲导之以卫乡国耳。

5月23日：

晨往文化馆，与胡连法同志拓陈充墓志。午前王张威自河南地方（距县城十里）来，以读谱杂记数本见示，录得龙川二词（江南序、归途），见于《武义县志》，调名前所未见，疑不可信。又得北宋末楼炤（仲晖）词四首，见于永康楼氏宗谱，可入《全宋词》。……寓古山中学，晤张书记。张书记已从林源（即林坑）借得林源陈氏宗谱二册，阅一过，录得数纸。

5月24日：

上午乘汽车至桥下朱，十分钟即到（过前黄地方，人家数十户，乃同甫祖先所居）。先往桥下公社接洽，一村童导谒龙川墓，即在太平水库侧。水库过墓前，离墓碣只尺许，水大即及墓，须作涵管以护墓。踰渠登墓，有二碑，一万历壬寅立，题状元龙川陈公亮墓，疑上有宋字缺去；一碑在墓上，民国十三年陈氏子孙立，题上祖第六世益、第七世次严、第八世亮合墓。可怪者龙川妻何氏外尚有徐氏，此不见于本集及家谱者。村农谓林坑、赤岸两地子孙，三、四年前来祭扫者颇盛。徐氏何人，问林坑人或有知者。村农谓葬地为卧龙山，今墓似在山脚，古是山半，今渠南皆坡陀，卧龙山林木葱郁，近伐之烧薪，乃成童山。墓前南望，有平阜一长方地，人呼为祭案。右一巨石，呼为状元印。左一隆阜似伞，呼为状元伞。万历一碑，前数年农民取以实水渠，为林坑人驮去，去年清明始驮回。今碑左右书"天生大地，书上中兴"八大字。天生四字不知何意。卧龙山之东为龙窟山，北为飞凤山，皆童秃无林木。龙窟一水向南，殆即龙川，今太平水库即在其上方。登库望太平村，可见屋宇，水色似富春江，甚美。予问龙窟之义，村农谓其地四山环绕，疑龙之所居。

5月25日：

上午冒雨游五峰书院。……书院为祀吕东莱、朱熹、陆象山、陈龙川诸公，覆岩之下有朱笔字数十，张威往年曾认出其十三四，有“东莱明拾山访同甫”及“精舍”等等。明人游记谓是同甫笔，果尔则应称名，疑不可信。……山间小径必有吕、朱、陆、陈遗躅，当为一诗记之。

除日记详记寻访陈亮遗迹外，夏先生还特地写了两首词：

访陈同甫遗迹二首

虞美人

早年读陈龙川上书，有“天下大势之所趋，天地鬼神不能易，而易之者人也”之语，惊为汉唐儒生所不能道。二十余年来常思一览卧龙山墓，今年为龙川逝世七百七十周年，自杭州信宿至永康古山镇之桥下朱，遍访龙窟山遗迹，夕抵方岩，大风雨中作虞美人。

听秋客岁鹅湖寺，诗在滩声里。今朝龙窟又忘还，一路水心同甫、眼中山。　　儿时诵得回天语，退笔惭章句。五峰夜气各崔嵬，尚有排阊余愤、作风雷。

南乡子

龙川游永嘉，会叶水心、郑伯英、蔡幼学、陈君举诸子于江心孤屿，予尚考其事，当在淳熙六七年间，距今七百八十年矣。游龙窟山归，过方岩五峰书院，乃陈、朱晦庵、吕东莱、陆象山讲诵之地，爰和龙川别永嘉《南乡子》词留别永康。

云气海中瓯，怀谢高亭记胜游。万斛龙骧谁比数？词流，笑指江心叶叶舟。　　王霸辩应休，如画神州试转头，龙窟新湫堪一说，牢愁，朱陆重逢失笑不？

这两首词，夏先生的两本词集分别予以收录，但文字出入较大。《虞美人》词，被《夏承焘词集》收录，题为《永康访陈龙川遗迹，过五峰书院遇雨》，作年误记为1963年，题下无长序。全词是：

听秋客岁鹅湖寺，诗在滩声里。今秋一路永康山，为有水心同甫、便忘还。　　早年口熟笺天语，衰白惭章句。五峰云气走崔嵬，犹有排阊余愤、作风雷。

另一首《南乡子》，被《天风阁词集》收录，作年是1964年，其序为“过黄岩九峰书院，乃陈龙川、朱晦庵、吕东莱、陆象山讲诵之地。忆龙川有别永嘉南乡子词，爰成此阕”。全词为：

云气拥东瓯，怀谢高亭记胜游。东去大江淘不尽，词流。笑指江心叶叶舟。　　王霸辩应休。朱陆相逢试转头。六亿舜尧齐着力，何愁。如画红旗遍九州。

《夏承焘集》也收录了这两首词，文字与《夏承焘词集》和《天风阁词集》完全相同。

夏先生于1962年和1964年先后去江西上饶寻访辛弃疾遗迹和去浙江永康寻访陈亮遗迹，这两次寻访不只是表达他对两位杰出爱国词人的崇敬之情，更是想发掘优秀传统文化资源，让散落在大地上的遗产变为活的资料，让流传在民间的文物发挥作用，为词史写作增添新的内容。

十分遗憾的是，20世纪60年代中期以后，夏先生一直多病缠身，未能撰写完系统、完整的唐宋词史著作！

第八章　风雨从容的不倦智者

夏承焘先生欢喜边走路边吟诗，有时吟诵自己的诗歌，有时吟诵古人的诗歌。夏先生曾说，他一生治词最佩服苏东坡。苏东坡一生达观，从来没有使自己痛苦和消沉，被贬到蛮荒之地的海南岛，还说“日啖荔枝三百颗，不辞长作岭南人”，反倒感到心满意足！研究生陪他走路时，多次听他低声轻吟过苏轼的作品，如“莫听穿林打叶声，何妨吟啸且徐行。竹杖芒鞋轻胜马，谁怕？一蓑烟雨任平生。　　料峭春风吹酒醒，微冷，山头斜照却相迎。回首向来萧瑟处，归去，也无风雨也无晴”。“山下兰芽短浸溪，松间沙路尽无泥，萧萧暮雨子规啼。　　谁道人生无再少？门前流水尚能西，休将白发唱黄鸡”。

王季思先生在《一代词宗今往矣》中回忆，夏先生“性格内向，有时半日兀坐，如泥塑人。名心淡泊，对个人毁誉不大计较”。

琦君先生在《春风化雨》中回忆，夏先生曾说“杜甫热爱人生，入而不能出，故有‘风定花犹落’之句，俞曲园则甚豁达，故曰‘花落春犹在’。我却更乐观，要说‘未有花时已是春’”。夏先生有时带领学生徜徉于清幽的山水间，在欣赏大自然美好风光的同时，教学生读书做人的道理。在《卅年点滴念恩师》中，琦君先生又回忆说，夏先生“有一次，站在高冈之上，就信口吟道：‘短发无多休落帽，长风不断任吹衣。’随即他向学生解释道：‘这两句诗并不是出世之想，而是入世的一份定力。人要不强求名利，任何冲击都不致被动摇了。’接着他又吟诵自己的一首词：‘短策暂辞奔竞场，同来此地乞清凉。若能杯水如名淡，应信春茶比酒香。’”几十年中，夏先生确是旷怀乐观、淡定爽健地面对生活！任何冲击，都不能动摇他内心的定力！除了潜心专注学问，一切似乎都是“也无风雨也无晴”。

一　痛别故里

夏承焘先生幼年正值科举初废、学校方兴之际，他的父亲是个卖布的小商贩，是为士大夫们所歧视的市井小民。

为了不增加家中负担，他选考了温州师范学校，可以免缴学杂费和膳费，每月还有几元零用钱。温州师范学校毕业后，他就在本地小学教书。他虽不是官宦缙绅之后裔，也非诗礼书香之子弟，但他工作努力，勤奋敬业，颇得好评。后由瓯海道尹林铁尊先生推荐，被派往膺符区（今属梧田街道）的永嘉县立第三高等小学当校长。学校经他治理整顿，渐有起色。可是，据说当地一些人观念较为狭隘，总习惯于本地人当校长，不喜欢外地人来当。因此夏先生上任后，心情受到影响，再加上原来的校长不甘心被卸任，还利用恶势力，企图加害夏先生。夏先生由于发奋自勉，刻苦自学，虽只二十来岁，但已崭露头角，获得丰硕成果，诗词之外，古文、骈俪皆已擅长，名动远近。这更引起那些人的忌恨，他们讽刺他说："你这样人家的子弟，做做普通小学教员就该知足了，还要往上爬？别再妄想当诗人雅士！"夏先生受此打击后，对那些小人鄙夷不屑，不得不被迫辞职，不得不离开他深爱的学校。他曾作自赠联语云："立定脚跟作体己事，放宽肚皮容小人欺。"适巧，1921年7月，夏先生受同乡之邀，去北平《民意报》任副刊编辑。在这期间，西北地区到北京招聘人才。多数文人都怕西北生活艰苦，环境恶劣。而气候温和的温州，自然条件得天独厚，集山的奇秀、水的柔美、海的韵味之大成。那时，一般温州知识分子都不大愿意到外地谋生。当地有谚语说"温不出""十鹿九回头"[①]，而夏先生却毅然决然应聘去了西安。1922年正月，他经友人推荐到西安中华圣公会中学（后改名西京中学）做

①温州一名鹿城。

国文教员，同时兼任陕西第一中学教职。后又任西北大学国文讲席。他在西北前后约五年时间。这五年，是夏先生人生道路和学术研究上一个相当重要的阶段。

汉唐古都的风采，历史文化的辉煌，使夏先生丰富了科学研究的感性认识，拓展了学术视野，提升了严谨治学的功力。在西安，他潜心绘制了《唐代诗人长安事迹图》。此图之精细，用功之扎实，令人惊叹。中华人民共和国成立后，此图曾作插页随他的相关学术著作印行。1980年，夏先生八十岁时，周寿蕖、常云二先生还复制过此图，夏先生特地亲自在图首题字。可见他对这一作品的重视。

在西安，夏先生还写过《荀子解说》《读〈说文〉札记》《唐铸万学考》等学术论文。尤其是《唐铸万学考》，虽未公开发表，但他对唐甄（字铸万，号圃亭）及其《潜书》的考述，高见卓识，值得研读：

> 清初学术界，顾、黄、王、颜四大师外，南方有一奇士焉，曰：唐铸万。其言学似习斋，言治似梨洲、亭林，间言哲理，及际遇之屯艰晦塞，又仿佛船山。虽所造诣不及四先生精单专一，而能以一身兼四人之学，具体而微焉。尝萃三十年精力，著《潜书》二卷。

魏禧见《潜书》，称为“汉、唐以来所未有”。梅文鼎说它是

“周、秦以来仅见之作”，“每一篇出，人争传写”。夏先生对其深为感叹：

> 非如顾、黄、颜诸大师一时讲习传述者之众，故至于今，几令三百年前一瑰奇卓特之学者，湮没不闻，可不悕耶！

根据王闻远《西蜀唐圃亭先生行略》十五则，及散见于《潜书》各篇，夏先生辑成唐甄《传略》，读后也感人难忘：

> “居吴市，仅三数椽，萧然四壁，炊烟常绝，日採废圃中枸杞叶为饭。岁饥无粟，以粞代饭。他日不能具粞，则三糠七粞；他日犹不能具，则七糠三粞。”“衣服典尽，败絮蓝缕，陶陶然著书不辍。”其“书不肯一字袭古”。其人“刚直亢爽，不肯婍婀随俗；意所不洽，千夫莫回”。其“不忧世之不我知，而伤天下之民不遂其生；郁结于中，不可以已；有见则言，有闻则言，历三十年，累而存之，分为上下二篇……号曰《潜书》”。

唐氏视此著甚于生命。夏先生详细记云：

> 先生所著书稿，远游必携，每乘舟，辄语仆曰：“设有

风波不测，汝挟我书稿登岸，然后来救我！”一日，邻人失火，先生怀书远避，余无所恋也。“先生终身潦倒，老而愈窘”，以至“没之明年，何义门闻之，知其贫不克葬，助之葬于虎丘戴家滨”。

《潜书》论学术，尊孟宗王，贵心得，贱口耳，痛排俗学之陋。夏先生认为“性理空虚，书生积弱之弊，至宋明而极矣。清初诸学者，振之以致用之学；颜习斋师弟倡习行尤力”。因此，他盛赞：

唐氏之学，尊事功，挟击宋人之空谈性命，同于颜、李。

夏先生对唐氏之“治道”之论，也很为钦佩：

其论治道，则崇俭尚朴，损势抑威，省大吏，汰冗官，欲君民相亲如一家。

夏先生又曰：

《潜书》言治者居其半，皆经世致用之学也。其于“君”“官”“兵”皆有极大胆之创论，“人所不及见而不敢言者，先生独灼见而昌言之”。

夏先生十分赞赏《潜书》“论贪官害民，甚于盗贼”，“得一良吏，胜得一良将；去一贪吏，胜斩一贼帅”。又曰：

> 唐氏整肃吏治主张：(一)君上以身作则，养成朴风以戒奢。(二)去虚文，以贵实。(三)重刑罚，以惩贪。(四)省冗官。(五)加官禄以兴义劝忠。邓牧主张“废有司，去县令，听天下自为治乱安危”。一时取快之论，必不能施行于当日，不如唐氏之着实。

五十年后的1975年，夏先生还特地写了一首《自题〈唐甄学考〉》诗，回忆当年血气方刚，夜读《潜书》，感慨万端的情景：

> 中宵室语撼皇廷，灰劫居然赦六丁。
> 揖起横眉听大喟，关中灯火梦中青。

20世纪20年代，鲁迅曾到西北大学讲学，其时夏先生刚写就《唐铸万学考》，欲请益而因循未果，故诗中有“揖起横眉听大喟”句。

夏先生的《唐铸万学考》，作于九十多年前，今天读来，似仍觉其新见卓识，爽人耳目。在西安生活实践的五年间，夏先生不仅创作风格有明显变化，而且学术研究的考信务实、求新图变的精神也初露圭角。

二 改进教学

中华人民共和国成立以后，人民当家作主，社会面貌日新月异，到处呈现出蒸蒸日上的繁荣景象。

在党的八届二次会议所提出的建设社会主义总路线精神的指引下，从1958年5月开始，浙江师范学院和其他高等学校一样，开展了一场“共产主义教学改革运动”。在运动的过程中“广大师生都发扬了革命干劲，解放了思想，树立了共产主义风格，不但翻箱倒柜，检查教学笔记、讲稿、教案，而且翻阅、学习了各种有关资料，因此在许多次大、中、小型辩论会上，都能尖锐地提出教学中存在的问题，而且对这些问题进行了分析和批判”，使“广大师生意识到在教学中重思想、插红旗对社会主义起促进作用的关键”。

当时中文系各教研室、各学科专业、各主要任课教师，都先进行认真的自我检查和自我批评。在中国古代文学教学中，“美化古人，崇拜古人，‘超阶级’观点，‘真实论’，形式主义，烦琐考证等等资产阶级思想、观点较为突出”。而这方面夏承焘先生可为代表。

当时凡是讨论会、批判会，只要不上课，夏先生都到场听取批评，接受教育，并且认真记笔记。师生们当年批评或批判夏先生的主要问题是以下几方面：

第一，“‘厚古薄今’，该批判的没有批判”。

批评者所举之例如，“他（指夏先生）说苏轼是宋朝大天才家，他的人生哲学是肯定人间的，并能取庄子思想的积极部分……”“他（指夏先生）对苏轼的处世态度‘忍耐’，再三赞扬。在《临江仙》‘夜饮东坡醒复醉，归来仿佛三更，家童鼻息已雷鸣，敲门都不应，倚杖听江声’的教学中，说这是东坡对人间的积极乐观的态度，有人生哲学意味在内，并加以大大发挥，引陆游诗‘呼童不应自生火，待饭未来且读书’作为东坡这首词感情的证明。认为这就是‘忍过事堪喜’，不忍耐会有祸害的。夏先生对苏东坡赞赏不已，还特作两句诗：‘此是东坡真学问，惠州不死又儋州。’这样高估苏东坡的忍耐，强调‘忍过事堪喜’，不用阶级观点、马克思主义观点分析这种‘忍耐’，在同学中产生了很坏的影响……”

批评者又举例说，夏先生“对李白盲目崇拜”，“在分析《将进酒》时，说李白的醉酒不是颓废，而是发牢骚，他并不是赞同喝酒的”。批评者认为：“李白的醉酒也反映了一些消极颓废的情绪，即使他借酒消愁发牢骚，也应有所批判。

他在醉酒的昏迷中，看不见人民的力量，而以消极地钻到‘醉里乾坤’中去的态度，代替了更有力的斗争。夏先生在分析李白思想时，没有强调指出李白当时所处的社会条件，他所面对的剥削人民、奴役人民的封建统治，以及我们今天应当怎样来评价他的人生态度。由于夏先生不指出其阶级性，已经在一部分认识较差、正确世界观还未树立的同学中产生了副作用，他们逐渐地不愿过问政治，思想消沉。这就是夏先生在教学上有意无意地灌输非无产阶级意识，把死人的、不符合今天社会的、不健康的思想感情传染给了同学。这个后果如不及时纠正，确实为害不浅！”

批评者还举例说，“夏先生在讲课过程中忽视‘锄草’工作”（指对古代作家作品的批判）。“我们认为，对古代作品和古代作家的评价，应该检查在当时的作用怎样，影响怎样，是否站在历史的进步方面，检查他对人民的态度如何。由于夏先生在讲授中忽视了‘锄草’工作，即使批判起来也是不痛不痒的。我们认为这是由于夏先生过了几十年的书斋生活，接触古人，既久且深，在感情上同古人脉脉相通，而马克思主义还未成为自己思想的血肉部分，所以在观点上，特别是在感情上就不能比古人站得更高，看得更远。用现代作品与古代作品相比时，没有‘一览群山小’的胸襟，因此从感情上灌输给学生的就不免是以腐朽为神奇、以落后为先进，也就不免有厚古薄今的情绪了。”

第二，“重艺术，轻政治”。

批评者所举之例如，“夏先生把艺术欣赏放在第一位，在讲课中反映了夏先生严重的纯艺术的思想。谈作品的艺术特点、写作技巧总是津津乐道，有声有色地讲得非常细致，还常常为了讲解一字一句，引证了不少无关紧要的例子，但文学作品最重要的部分，也就是作品的灵魂——思想性，却片言只语的一掠而过”。“张若虚的《春江花月夜》是在讲授唐诗部分的第一首，也是最得夏先生喜爱的一首，对这首诗是全部肯定的。说它是中国历史上写月的第一首杰作，音调和江水一样柔美。可是对诗中的那种封建文人吟花弄月完全显示了有闲阶级生活气息以及不健康的思想感情，没有一句批判。那些颓废的、没落的、消极的、有人生短促之叹的句子，不进行批判，单纯地去欣赏描写月亮的美，并把它绝对美化起来。”

批评者又举例说，“对于杜甫这样一个有意识地大力追求艺术技巧的大师，要求诗篇达到‘毫发无遗憾’‘惊人’的地步，我们无理由不谈他的艺术技巧。但对杜甫诗的艺术性还应当首先从他的创作道路谈起，这才是抓住了西瓜，而夏先生教学中并不如此，他只是从一字、一词、一句去大谈特谈艺术，只抓住了芝麻，舍本逐末，得不偿失。讲《新安吏》时，抓住‘肥男有母送，瘦男独伶俜。白水暮东流，青山犹哭声’的‘肥’‘瘦’‘哭’不厌其烦地谈。对《石壕吏》《新婚别》，则单讲它的韵，只从不合官韵来阐明其反抗性”。

批评者还举例说，“夏先生讲课大讲艺术，海阔天空，离题万里”。“在教李白《朝发白帝城》时，大谈一套比喻的用法，说什么比喻不能用同类比啊，如‘闲愁如飞雪’；说桃花可用胭脂、人血来比；形容琴声可以用光比声，以色形容声；说耳听到的，偏说眼睛看到的，说眼看到的，偏说耳听到的。这才有风趣，这才是艺术。”“在讲到《古诗十九首》中的离别思想感情时，夏先生说写相思要用愁恨来写。于是又举例并引申开来说写苦闷要用热闹来写，照样又是举例子。写可怕要用美丽来写，并在黑板上写了‘鬼灯一现’四个字，叫我们考虑。根据以上原则，下句应如何接上？教室里一片沉默。于是夏先生就用各种词来填，露出什么面？什么面？搞了很多时间，最后才填出‘桃花’两个字。这种远离教学内容的所谓旁征博引，都充分反映了夏先生自由主义的教学态度！”

第三，“资产阶级的文艺观点”。

批评者所举之例如，“在李煜词的教学中，有一个非常突出的可说明夏先生资产阶级文艺观点的例子，他提出‘感情真就是美，就是善’的观点，特别是在讲《浪淘沙》时说‘从头到尾都可加圈，但要说出所以好，很难’，到底好在哪里呢？夏先生最后说‘这首词无好句无好字，但感情真实，一气呵成’。这个评价文学作品的公式，暗地里偷换了文学的阶级性！在这里不禁想起胡适的一个反动论调：‘表情表得好，达意达得妙，便是文学。’他认为感情表达得‘好’‘妙’，就是文学，夏先生说感情表达得‘真’就是‘美’就是‘善’，本质上是一致的，都是超阶级的欣赏文学的‘感情’”。

批评者又举例说，“夏先生曾不止一次地讲过这样的话：‘文学作品是个水晶体，是无色透明的水晶体，你自己的生活经验是什么颜色，它就反映出什么颜色。’清人有说，‘作者未必然，读者何必不然。’这话是正确的，正如孟浩然的春眠诗‘仁者见仁，智者见智’。这样看来，文学失去了客观的标准，脱离了具体的社会环境，而一切都从‘我’去体会。这真是典型的主观唯心论的文艺观点”。

批评者再举例说，“夏先生还说，‘论文好像饭，使人饱；诗歌好像酒，使人醉’”。“他把吟诗作词当作像酒一样消愁解闷，或沉醉其中，这正是封建文人的意识。夏先生曾解释说，‘论文主要是明白，做到知；诗歌主要是美感，做到感’。这种文艺观也是错误的。首先是脱离了内容，空谈形式。生硬地把论文归于‘明白’，归于‘知’；把诗歌归于‘美感’，归于‘感’。文学是上层建筑，是阶级斗争的工具之一，它以形象来教育人、感染人，帮助本阶级更有效地进行社会斗争和生产斗争，它担负着阶级的使命，决不是单纯给人以美感。离开了阶级的观点，抽象地谈什么美感，与‘为艺术而艺术’，宣扬‘超现实’‘超生活’‘超阶级’的唯心主义文学观点没有什么两样。”“夏先生又说，‘论文是化散为整，诗歌是化整为散’。这种观点是玄而又玄的，光从形式上去分别论文与诗歌，也是不正确的。夏先生又说，‘论文是先说因后说果，诗歌是先说果后说因’。这显然也是错误的。在一次小组辅导课上，同学们拿了几首诗词问夏老师哪首好。他说你觉得哪首好，就是哪首好，因为和你的感情相一致就是好。这样看来，诗的好坏是没有标准了。即使有标准，也是以个人感情爱好为标准，而不管这种感情是否健康，爱好是否正确。这种指导，对青年学生来说，流弊很大。”“再看看夏先生具体说诗的标准，他说《短歌行》中‘月明星稀，乌鹊南飞，绕树三匝，无枝可依’四句最好。为什么呢？因为它没有一定的意思，可以理解为人民遭受灾难，流离失所；也可解为贫士飘泊无依。有形象而无实指。能作出各种解释，能旁通，所以好。这诗的好处难道真是在于它的解释不一定吗？他把旁通作弄得更糊涂了！他还说过，‘作诗必此诗，定知非诗人’，并说‘三尺矮墙低有月，一湾流水寂无人’写得很好。因为可以说写梅花，写人品清高，还可以说是写小偷，因为墙低有月，正好作事’。这诗，我们实在看不出好处来。”“夏先生还说，‘决定一首诗好坏，往往是诗里的动词和形容词’。他讲课时，也特别注重炼字炼句。这当然也是需要的，但有时从一个字的好坏来评定一首诗，则不妥当。”

“从以上几方面看来，夏先生的文艺观是比较陈腐的。马克思主义观点、毛泽东文艺思想，还没有真正成为指导思想，常常以个人喜爱为标准来评价文学作品，形式主义地谈技巧、谈艺术，就把同学引入迷宫。”

在这一场“两条路线斗争——社会主义思想与资本主义思想斗争”的教学大改革运动中，夏先生顺应当时的时代潮流，紧跟政治形势，思想重视，态度认真，行动积极，不仅虚心听取同学和同事的批评甚至批判，承认错误，而且连续两次主动写了检讨。他在1958年6月20日所写的第二次检讨的最后表示：

> 这次同学们对我提的意见，有许多是指我思想根源上的毛病，真令我警惕。我应从根源上改自己的立场观点，枝枝节节的改造是不能解决问题的。我此后想把自己的脑子也来一次翻箱倒柜，把里面带资产阶级思想、封建主义思想的旧东西都掏出来检查一番。走群众路线是最好的工作方法，思想改造也需用此法，再不要迷信古人了。同学们劝我要对古人有“一览群山小”的气概，很对。我前天在会上作成两句标语，上句是希望同志同学们的，下句是对自己说的。全文是：“望朋友知无不言，言

无不尽；比古人站得更高，看得更远。"我就拿这两句话勉励自己，并谢谢同志同学们对我的许多帮助！

在当时的历史条件下，夏先生通过这样的自我批评和检讨，得到师生的谅解。三年以后，党中央根据形势发展的需要，对那场教学改革运动作了重新评价。夏先生在1962年2月24日日记中写道："午后听中文系总支魏佑功传达林乎加校长报告，谓党决心贯彻六十条及聂荣臻副总理指示纠正教改时种种错误。"

三　禁足西湖

在教学改革中，夏承焘先生主动自我批评，主动检讨，主动到同学中去，当即改进教学，因而取得广大师生的谅解和好评。运动过后，他确实精神面貌很好，曾提出入党要求，成为建党对象。但是，也有不同的声音，有人说夏先生不是越批越臭，反而越批越香。还有人说他是"常青树""不倒翁"，甚至传有一首打油诗："夏老夏老，总是不倒，前天挨批判，昨天写检讨，今天运动刚过，明天又成国宝！"夏先生不听闲言，而是更贴近师生，靠拢组织，改进教学，努力工作。

在史无前例的暴风骤雨中，他又经受了史无前例的考验。1966年5月25日，北京大学贴出第一张“大字报”之后不久，夏先生所在的杭州大学语言文学研究室办公室门前也出现了“庙小阴风大，池浅王八多”的“大字报”。那天，夏先生在“大字报”前看了好一会儿，有人与他打招呼，他好像也没听到。夏先生平时上班，总抽空和研究生说说笑话，讲讲故事，或者到窗口活动活动身体。可是那天他一直坐着埋头修改文章。临近中午，他叫研究生先去食堂吃饭，说自己要在研究室多坐一会儿。一位研究生走到一楼101大教室前面，又折回到夏先生的研究室。夏先生问：“你怎么又回来了?”研究生说：“现在去食堂人正多，要排长队，所以回来陪夏先生坐坐。”他没有马上说话。可能文章修改告一段落，他放下稿纸，声音低沉地说：

> 可能要有大运动来了。我可能来上班的时间不多了。你们要把最要看的几本书带在身边！书还是不要看得太杂,那一两本书还是要天天读！文章不必写得太多，写一篇就要像一篇！文章写好还是不必急于发表,反复修改,会越改越好的！

这就是夏先生给研究生讲的最后一次专业课！以后几天，夏先生仍然到研究室上班，不过没有像以往那样准时。

他到研究室之前，要先到校园里看看“大字报”。没过几天，校园里重要地段突然出现了揭批夏先生在日本京都大学同仁自编的《中国文学报》上发表的《岳飞〈满江红〉词考辨》的“大字报”。这让夏先生极为震惊！因为这本自编的内部学术刊物是日本京都大学学者刚寄到不久，只有研究室很少几个人看到过。这表明猛火已从研究室内部燃烧起来了！夏先生也意识到问题的严重性！其挚友吴天五先生1967年所作《谢邻有无妄之灾，赋此寄怀》组诗第一首即云：“我应削迹坐书空，君亦胡为叹道穷。识字真成忧患始，是非一阕《满江红》！”[①]

紧接着批判夏先生是“里通外国”“洋奴”“汉奸”“卖国贼”的“大字报”铺天盖地地涌现于研究室周围及整个校园。那些“大字报”出现的当天，夏先生提早下班，有学生欲送他下楼，他拒绝了，又声音低沉地说：“我可能要首当其冲了。你们要好自为之，别忘了读书！我可以走下去！我一定能走下去！”从那以后，夏先生就没有到过研究室。

自此，一场怵目惊心、震动全省的所谓“林夏战役”开始了。林，是指林淡秋，著名作家、翻译家，曾任《人民日报》副总编、杭州大学副校长，当时任浙江省委宣传部副部长，被斥为“浙江省走资本主义道路的当权派”；夏，就是

①夏先生曾居住温州市谢池巷。相传此巷为谢灵运得“池塘生春草”句处，故其亦号“谢邻”。

指夏承焘，被斥为“浙江省最大的反动学术权威”。为了打好“林夏战役”，1966年6月13日，浙江省委派遣工作组进驻杭州大学，发动全校师生展开对林淡秋、夏承焘的揭发批判。

批判会一个接一个，被批判的对象，都要给自己写一个牌子挂在胸前。夏先生当时被定的罪名是“大汉奸、卖国贼、反动学术权威”。夏先生提着笔不肯照写，对监视他的人说：“你们说我是反动学术权威，我照写。但‘大汉奸、卖国贼’这几个字，我不好写。”红卫兵小将马上斥责道：“你把污蔑岳飞的黑文寄到日本去发表，还不是‘大汉奸、卖国贼’？你还不老实，一定要写！老老实实把写好的牌子挂在胸前！接受批判！”

关于《岳飞〈满江红〉词考辨》一事，杨牧之先生在1980年写的《访词学家夏承焘》一文中，曾记述了夏先生及吴无闻先生所谈的相关具体情况。20世纪五六十年代，夏先生与日本“中国学”著名专家吉川幸次郎先生、清水茂先生常有书信往来，交流学术研究心得。1953年，夏先生写信给日本友人，谈及韦庄的《又玄集》在中国只见著录书名，却找不到完整的书。清水茂先生得知后，立即把日本保存的版本整本书影印寄赠夏先生。夏先生马上交出版社出版，使《又玄集》回到了它的祖国。为了表示感谢，夏先生把根据清水茂先生提供的版本影印出版的《又玄集》回赠给日本友人。在多次交往中，日本友人曾向夏先生约稿，但夏先生一直没有给他们写过文章，自感有些歉意。于是就把手头刚写成的论文《岳飞〈满江红〉词考辨》寄给日本同行，征询意见，目的是以文会友，互相切磋，促进学术交流，增进友好情谊。日本友人收到后，便在他们自编的内部学术刊物《中国文学报》上发表了。

几百年来，“怒发冲冠，凭栏处、潇潇雨歇”，“壮志饥餐胡虏肉，笑谈渴饮匈奴血”的词句，慷慨激昂，鼓舞人心，具有重要的历史意义。但是关于这首《满江红》词的作者、作年问题，在夏先生之前，余嘉锡先生曾有专文加以详细辨证，“科学鉴定”。夏先生在余先生研究的基础上，进一步考辨，也怀疑它可能不是出自岳飞之手。其理由有：一是此词最早见于明朝，从不见于宋元人的记载；二是岳飞的儿子、孙子两代人历经三十余年，遍地寻访父祖遗稿，却不曾见过这首《满江红》；三是从地理常识上说，岳飞伐金，誓死直捣的黄龙府，在今东北吉林省境内，而“驾长车踏破贺兰山缺”的贺兰山，则在今西北甘肃河套以西，南宋时属西夏，不属金人政权地区，南辕北辙，方向乖背。从以上几点看，夏先生也认为“怒发冲冠”的《满江红》词，与岳飞难以联系在一起。其实，夏先生对岳飞《满江红》词的看法，在1959年出版的《唐宋词选》中，以及他在给学生的讲课中，都曾有过简要的表述，在当时也没有引起学术界的讨论。

夏先生在“文革”之前，将《岳飞〈满江红〉词考辨》寄到日本去，虽是在内部刊物上发表，但也确实是考虑得很不周到！正如吴无闻先生所说，他“是个书呆子”。

载有《岳飞〈满江红〉词考辨》的日本京都大学自编的《中国文学报》寄达杭州大学语言文学研究室的时候，正是“文革”开始前不久。夏先生身旁的同志将其公布出去，自然会引起红卫兵小将的不满。于是，夏先生头上就这样增添了“大汉奸、卖国贼”的帽子，并且把写有这几个字的牌子挂在胸前，接受批斗。

暴风骤雨般的各式各样的批判过后，夏先生身体变得很差，但尚未获得“解放”，仍在监管下“劳动”。只要在杭州，只要能走路，他都要到离家三华里之外的中文系（现杭州市文二街省总工会干校内）去打扫厕所。

直到“四人帮”反革命集团垮台以后的1978年11月24日，杭州大学党委才被批准发出《关于对夏承焘先生平反的决定》：“在无产阶级文化大革命运动中，由于林彪、‘四人帮’破坏干扰毛主席的无产阶级革命路线，迫害革命知识分子，一九六六年六月，在杭州大学组织所谓‘林（林淡秋）夏（夏承焘）战役’，转移斗争目标，多次召开全校数千人大会，把夏承焘作为‘资产阶级反动学术权威’进行批斗，这是错误的。一九六九年四月三十日，杭州大学清理阶级队伍领导小组把夏承焘定为‘资产阶级反动学术权威’，也是错误的，应予平反，恢复名誉。有关这方面的材料，应予销毁。”

同一天，《浙江日报》头版头条发表了《把实事求是作为落实政策的根本依据》一文，其副题为“杭州大学党委处理了一批影响大、时间拖得久的冤错案件，加快了落实党的干部政策、知识分子政策的步伐”。文章中特别提到“坚持实事求是，还要善于把学术问题、思想问题和政治问题严格区别开来，敢于为知识分子创造百家争鸣的条件，纠正由于界线不清而搞错的案件。1962年，夏先生将《岳飞〈满江红〉词考辨》寄往日本《中国文学报》发表，‘文革’中说他是‘勾结帝修反’……推倒原来强加在夏承焘教授头上的一切诬陷不实之词，恢复名誉，彻底平反”。

夏承焘先生平时很喜欢讲苏东坡的故事，特别赞赏苏东坡的品格和心态。苏东坡一生中三度被贬，四度遭流放，但始终能随缘自适，潇洒自如，不改乐观处世之态，谈笑于生死之际，即使到了晚年也毫无老人的疲惫之气！这种逆境自振，旷怀通达，对自我价值的认识和信心，在历史上具有典型性和吸引力，对后世影响深远。夏先生在“文化大革命”中，遭遇了十年的挫折，经受了一次又一次的批判，没有倒下，似乎也是“一蓑烟雨任平生”，“也无风雨也无晴”。他不仅没有消极自沉，还在特殊的境遇中，完成了形式独特、高度概括的韵体词史《瞿髯论词绝句》。夏先生“恢复名誉，彻底平反”之后几个月，此著即正式出版，夏先生特作《前言》有云：

> 予年三十，谒朱彊村先生于上海。先生见予论辛词“青兕词坛一老兵”绝句，问“何不多为之”。中心藏之，因循未能着笔。六十余岁，禁足居西湖，乃陆续积稿得数十首，亦仓促未写定。一九七三年春，无闻检箧得之，取以相玩，谓稍加理董，或可承教通学。爰以暇日，同斟酌疏释。近三年来，以宿疾来京治疗，出版单位诸同志时来督勉，乃随改随增，至一九七八年初春脱稿，共得八十余首。

这部颇有影响、独具特色的诗集，2017年7月第三次再版，出版说明云“《瞿髯论词绝句》是夏承焘先生品评历代重要词家的一部名作，吴无闻女士作注释和题解”。吴无闻先生曾作《注论词绝句》诗一首：“乐苑千秋业，词坛一代师。青莲开绮语，白石扫妍辞。注笔楂梨涩，分灯更漏迟。与天争岁月，不许鬓毛知！”

夏先生也正是这样。尽管年事已高，但他时刻想把损失的时间补回来，尽力工作，兼程而行！在当时新版的《月轮山词论集》前言中，他深情地说：

今天,就我个人来说,已经“垂垂老矣”,因而更加恳切地希望得到读者的帮助和指正,使我还有一个“新的开始”。

四　山水幽伴

1972年2月，与夏承焘先生于1924年冬结婚的原配游淑昭女士病逝，夏先生的日常生活遇到很多困难，温州亲戚相继来杭照顾他，但仍多所不便。1973年夏天，夏先生高足、著名新闻记者吴闻女士，从上海文汇报社退休后，专诚到杭州探望恩师，见其生活上孤身一人，还念念不忘学术诸多问题。稍后，吴闻女士遂决定与夏先生结为伉俪。吴闻女士是夏先生在无锡国学专科学校任教时的学生。她非常崇敬夏先生，无锡国专毕业后，仍经常念及夏先生。她做了记者后，需要有个笔名，就特地请夏先生为她取名。夏先生即名其“无闻”。此后，吴闻女士写新闻报道文章时都用“无闻”，写论著时用“吴无闻”。1975年7月末，经学校批准，夏先生病假长休，随夫人吴无闻赴京疗养。

刚到北京时，夏先生相当艰难地蜗居在朝内大街97号楼公寓内，但他心情很舒坦，特意为寓所取名为“天风阁”和“朝阳楼”，以示胸怀和欣喜，并且特意把在夫人吴无闻协助下编辑出版的部分著作名为《天风阁词集》《天风阁诗集》《天风阁学词日记》以及《天风阁丛书》等。在京的多位老学生知道夏先生住房困难，纷纷向上级反映，胡乔木同志得知后，即致函中国社会科学院，望提供住房帮助。后又经当时中央有关高层领导特批，夏先生在团结湖中路南一条购得一套稍大一些的住房，这才基本安下心来休养和著述。

身体稍好时，夏先生即伏案写作，笔耕不辍。他曾说："对别人而言，是'一寸光阴一寸金'；对我来说，该是'一分光阴一寸金'，要分秒必争！尽量多做一点力所能及的事！"在吴无闻女士无微不至的照顾和大力协助下，夏先生晚年在著述和诗词创作诸方面又出现了一个本不易出现的高潮。他先后完成了《天风阁诗集》《天风阁词集》的编辑、注释和出版，完成了《瞿髯论词绝句》的编辑、注释和出版，完成了《月轮山词论集》《域外词选》《金元明清词选》《唐宋词论丛》《天风阁学词日记》的出版，《唐宋词人年谱》第六版印成，编辑《唐宋词欣赏》并出版，修订《词源注》并出版，修订《唐宋词选》并出版，《姜白石词编年笺校》第四版印成，《放翁词编年笺校》出版，《苏轼诗选注》出版，《天风阁丛书》（部分）出版，准备编辑出版《夏承焘文集》、《天风阁学词日记》（续），等等，为祖国词学事业增添了十分可贵的财富。缪钺先生曾在诗中盛赞夏先生"白头著书神益健，名山大业足千秋"，"词坛今日推宗匠，天下英雄惟使君”。

根据吴常云《词风吹拂叙晚情——追忆母亲吴无闻》所述，夏先生在北京休养期间，夫人吴无闻曾为他拟订过宏大的著书计划，精心协助夏先生整理出版多部著作，并完成多部书稿。在此期间，她还安排时间陪同夏先生拜访了多位友人，如沈雁冰先生、顾颉刚先生、夏鼐先生、张伯驹先生、钱钟书先生、叶圣陶先生、夏衍先生、茅以升先生、俞平伯先生、周汝昌先生、徐邦达先生、叶浅予先生、启功先生、尹瘦石先生、周昌谷先生、潘洁兹先生等。同时接待了多位来访的客人，如胡乔木先生、夏鼐先生、王季思先生、启功先生、张伯驹先生、黄君坦先生、陈友琴先生、邓广铭先生、陈贻焮先生、史树青先生、尹瘦石先生、潘洁兹先生等。

夏先生和吴无闻先生书法同学黄道周，皆得其精髓，几乎难辨彼此。二人又都爱画水墨荷花，但很少赠人。稍空时吴无闻先生还陪夏先生写写字、作作画，宽松宽松精神。

从20世纪80年代开始，夏先生更加不遗余力地工作，除了整理出版平生著述外，他还热心筹建中国韵文学会。中国韵文学会是1956年由章士钊、叶恭绰、张伯驹提议建立，并经周总理同意的，后因反右事起而中辍。拨乱反正后，夏先生便与张伯驹先生联名重申前议，中国韵文学会遂告成立。夏先生被推举为名誉会长。为了促进词学研究和奖励词学人才，夏先生当即特意捐款四万元，中国韵文学会为此设立了“夏承焘词学奖金”。夏先生为我国文化教育事业的发展，真是鞠躬尽瘁，奉献终身。

由于殚心竭力，积劳成疾，夏先生于1982年5月进北京卫戍区医院治高血压症，于1983年3月再进北京卫戍区医院治肺炎，1985年11月又因肺炎住进北京中日友好医院，1986年5月2日因心肌梗塞再入北京中日友好医院。

1986年5月11日晨4时30分，夏先生因心肌梗塞，经多方抢救无效，在北京中日友好医院逝世，终年八十七岁。

夏先生住院治疗期间，全国政协副秘书长叶至善先生(同时代表全国政协副主席叶圣陶先生)，中共中央委员、林牧渔业部顾问林乎加同志，中共中央宣传部副部长贺敬之同志，中国人民解放军总政治部宣传部部长邵华泽同志，文化部副部长吕志先同志等曾往医院看望。

夏先生遗体告别仪式于1986年5月21日上午，在北京八宝山革命公墓礼堂举行。当日新华社发了长篇消息。全文如下：

> “一代词宗”,缀有这四个大字的一面红旗,覆盖在我国著名词学家夏承焘教授遗体之上。红旗敬献者这一高度评价,正是学术界对教育家夏承焘先生的公论。
>
> 四届全国政协委员、杭州大学教授夏承焘遗体告别

仪式,今天上午在八宝山革命公墓礼堂举行。

中国韵文学会名誉会长夏承焘先生一九八六年五月十一日因病在北京逝世,终年八十七岁。

鲜花环绕着夏承焘先生的遗体。礼堂正中悬挂着夏承焘先生的遗像。“千门桃李绛帐重茵传绝学,一代宗师春风词笔满中华”,这巨幅挽联垂于礼堂前方两侧。四周陈放着的花圈分别是习仲勋、乔石、胡乔木、邓力群、张劲夫、张爱萍、赵朴初、叶圣陶等同志,以及中央国家机关一些部委、杭州大学和文化界、学术界人士送的。

哀乐声中,周谷城、杨静仁等有关方面负责人,以及首都文化、学术界知名人士,杭州大学师生代表等向夏承焘先生遗体默哀致敬,并向他的夫人吴无闻及其亲属表示慰问。

夏承焘先生字瞿禅、晚号瞿髯,一九〇〇年生,浙江温州人。一九一八年毕业于温州师范学校。解放前历任杭州之江文理学院、浙江大学教授。解放后曾任中国科学院文学研究所兼任研究员、中国科学院浙江分院语言文学研究室主任兼研究员、文学研究杂志编委、词学杂志主编、中国唐代文学学会顾问。他曾任浙江省政协常委、中国作家协会理事。

被誉为“词学宗师”的夏承焘先生,三十岁前后专攻词学,弘博精深,对我国词学的发展起了重大作用。他一面继承历代词学之长，一面对传统词学作了多方面的开拓与创新，以考信求实的态度研究词体、词乐、词律和词史，大大扩展了词学研究的领域，为词学走向科学化、系统化和理论化的轨道做出了突出贡献。

凝聚着夏承焘先生毕生心血的近千万字著作中，有已出版的词学专著近三十种，未结集论文百余篇，待整理出版的著作尚有多种。其中《唐宋词人年谱》《唐宋词论丛》《姜白石词编年笺校》等，都是有词学以来少有的巨著。他还创作了大量诗词，其代表作为《夏承焘词集》《天风阁诗集》，并写了独具特色的《天风阁学词日记》。夏承焘先生的学术成就，也得到国际上高度评价。

从教六十多年来，夏先生善于奖掖人才，扶植后进，桃李门墙，济济多士。然而他“但开风气不为师”，从不以师道自居。出于夏氏门下的，都深受其赐而又不为所限，有的在学术上得以独立发展。夏先生是一位全心全意为祖国培养人才的导师，研究中国古典诗词的外国学者慕名远道前来向他求教的，络绎不绝。如今他的学生遍及海内外。

夏先生热爱祖国，毕生追求进步。抗战时期，他创作了不少救亡诗词，编选两宋爱国词为《宋词系》，以激发民族正气。抗战胜利后，他一面抨击国民党反动统治，一面参加民主运动。解放后，他努力运用马克思主义研究词学，创作了大量诗词歌颂新社会、新生活。“十年动乱”中，夏先生关注着国家民族命运，不废学术上的执着追求，体现了高尚的风貌。

四百多位各界人士今天向夏承焘先生遗体告别。近六十幅挽联悬挂于礼堂大门周围，表达了人们对于著名学者夏承焘教授的仰慕和悼念之情。”（新华社电完）

第二天，《人民日报》《浙江日报》全文转发了新华社的这一长篇消息。

夏先生逝世后，共有杭州大学、中国韵文学会、湘潭大学、上海古籍出版社、广东人民出版社、天津社科院、四川大学中文系、南京大学中文系等三十个单位以及王起、刘海粟、叶嘉莹、沙孟海、苏渊雷、施蛰存、钱仲联、钱南扬、唐圭璋、萧涤非、程千帆等先生所发唁电共一百五十件，中华诗词学会筹委会、中国作协浙江分会、北京师范大学中文系、浙江省建德县严州中学等单位以及胡乔木、李淑一、唐圭璋、蔡若虹、缪钺等先生所发唁函共一百一十件。向夏先生遗体敬献花圈的有夏夫人吴无闻率子常云，媳式仪，孙哲明、燕遥和燕迅，中共中央组织部、中共温州市委员会等七十七个单位以及邓广铭、吴世昌、吴组缃、余冠英、村上哲见（日本）、周谷城、林乎加、林庚、罗忼烈、胡绳、贺敬之、钟敬文、黄药眠、薛驹等有关领导和生前友好，也向夏先生献了花圈，花圈共四百七十余个。

夏先生逝世后，他曾经工作或生活过的杭州、温州、长沙、无锡等地，都希望为他建墓纪念。最后夏先生家属顾念一些特殊情结，表示愿意自筹资金为其筑墓安寝于千岛湖的灵山活水之间。

千岛湖近旁的严州中学，是夏先生词学研究的始发之地。1927年至1930年间，夏先生曾在浙江省立第九中学（即严州中学）工作过。他的词学事业的确定，就是在这段时间。夏先生的成名之作《唐宋词人年谱》就是在严州中学任教时基本写成的。此外，《白石道人歌曲考证》《白石集考证》《白石自制曲考证》《白石词别集考证》《白石词刻本表》《白石编年词目》《白石歌曲版本考》《白石歌曲考证凡例》《白石歌曲旁谱说》等都写成于在严州中学的三年间，这些作品为夏先生另一部代表性著作《姜白石词编年笺校》的完成奠定了基础。

千岛湖的人文景观是夏先生多年的神往之处。1985年，浙江省淳安县重建海瑞祠，86岁的夏先生得知后至为高兴，应请立即挥毫为海瑞祠题写了楹联："忧世匡时刚烈肝肠昭日月，依山傍水巍峨祠宇壮湖天。"夏先生对"锦山绣水，文献名邦"的淳安，一直留有深刻的印象。

千岛湖周边的秀丽风光，是夏先生诗笔的赞美之境。他1929年秋所作《鹧鸪天·自杭州返严陵坐雨》下片云：

琴绕榻，佩鸣廊，三两竿竹一秋凉。龙湫雁荡家山好，却共鸥凫恋水乡。

1964年秋，他作《菩萨蛮·新安江水电站》云：

新安人说青天上，飞车回首云千丈。画里过秋城，江光泼眼明。　　东南星宿海，不夜看奇彩。昨晚几诗成，袖归朵朵星。

尤其是1927年所作《浪淘沙·过七里泷》：

万象挂空明，秋欲三更，短篷摇梦过江城。可惜层楼无铁笛，负我诗成。　　杯酒劝长庚，高咏谁听？当头河汉任纵横。一雁不飞钟未动，只有滩声。

此作为夏敬观先生所激赏，被收入《吷庵诗话》。夏先生晚年曾嘱夫人吴无闻："临终当为我诵《浪淘沙·过七里泷》词。"

这些词作，都充分表明夏先生对千岛湖一带山光水色的特有情愫！从中也可看出，千岛湖、严州中学、严子陵、桐庐江、富春江等，对夏先生而言，都留有十分美好的记忆，是永难忘怀的宝地，是曾与他学术事业和诗词创作相伴相随的一方灵山活水！

所以夏先生最后安寝于淳安千岛湖是很有意义的。夏先生亲属筹备建墓于千岛湖的过程中，淳安县委、县政府予以了热情支持。时任中国人民解放军总政治部宣传部部长、书法家邵华泽同志，得知消息后，非常高兴。时任国防部长、我国著名“将军诗人”张爱萍同志也很重视，两次过问落实情况。1987年6月下旬，夏师母吴无闻率其子吴常云，随带邵华泽同志写给淳安县县委、县政府领导的信，到千岛湖选择墓址，受到淳安县领导的热情接待。

1988年5月12日上午，淳安县人民政府与杭州大学联合在千岛湖羡山岛举行了夏承焘先生陵墓落成仪式。根据淳安县有关报道：仪式由淳安县县委常委、宣传部长陆亚泉同志主持，方泉尧副县长和杭州大学徐步奎教授为夏先生头像揭幕，副县长张锦澍代表县委县政府致词，杭州大学陆坚教授宣读祭文。骨灰盒安放完毕后，大家植树纪念。次日《杭州日报》作了报道。夏先生一部分骨灰安葬于羡山岛“将军帽”缓坡之上的绿荫丛中，背靠二三米高的小山石壁，两侧成片竹林环绕。墓身高2米，宽1.35米，呈长方柱体，面湖而立。从墓台之上向前望去，约百余米处，是一片橘林，每逢春天橘花盛开，香气扑鼻。再往前看，便是一望无际、碧波万顷的千岛湖湖面。墓正面刻有吴无闻先生亲笔题写的“词学家夏承焘墓”墓名和挽联“浩荡天风宙宇神游词笔健，苍茫烟水湖山睡稳果花香”。墓顶安放着独块汉白玉石雕成的夏先生半身像。墓身后面刻有墓志铭，吴无闻先生原托复旦大学王蘧常教授（曾是夏先生同事）撰写，并在《解放日报》上刊出。因王先生年事已高，双手颤抖，无法书写，后由吴无闻先生书写。陵墓四周环筑石栏杆。整个墓体简朴大方，典雅宁静，为千岛湖增添了一处人文景观，每年都吸引许多游客嘉宾、文人学士前往瞻仰。

1988年11月14日，吴无闻先生突发肝腹水，不幸去世。遵照其遗愿，1989年10月4日，其爱子吴常云率长孙燕遥，将其骨灰送到淳安，在羡山岛夏先生墓前举行了骨灰合葬仪式。吴无闻先生与夏承焘先生相依相随，携手神游于浩渺的灵山活水之间。

夏先生的另一部分骨灰，根据他生前的念想，由其亲戚蒋德闲先生护送，与其原配夫人游淑昭的骨灰合葬于雁荡山。抗日战争后期，为避日寇，夏先生举家渡瓯江，暂居雁荡山，应聘到雁荡师范学校（今乐清师范学校）教书。夏先生对雁荡山很有感情，写有很多令人吟咏不已的雁荡诗词：“抛却西湖有雁荡，携家况复往灵岩”，“南雁西乌唤不回，浩歌谁尼我归哉”，“三日别，万重青，自家丘壑最多情”。游淑昭师母于1972年2月9日病逝于温州，其骨灰盒暂寄存于温州游宅。游氏家族希望能在雁荡山筑一坟墓将其瘗埋，夏先生对此一直萦念在心。有一天，他托蒋德闲先生去雁荡山灵岩寺附近物色墓地。临行前，夏先生一再嘱咐，筑墓不能毁损耕地、林木，所需工钱照付，日后重谢。随后，蒋“径往雁荡山下灵岩村找村干部。当说明来意后，村干部一致表示同意说：‘不管哪里，你自己挑选好了。’于是，就跟村干部翻山越岭，在灵岩寺天柱峰以西之西庵谷里的紫霄峰南麓嶂壁上凿穴为墓，那里既幽静又高燥，也不影响庄稼和林木”。蒋先生将四周地貌环境拍成照片拿到杭州，夏先生看后很满意。夏先生确定以后，就在“墓旁石壁上刻了夏先生嘱吴无闻先生手书的‘月轮楼夫妇墓’六个大字”。1986年5月，夏先生在北京逝世，第二年清明节由蒋德闲先生等将其部分骨灰送往雁荡山墓穴安放。吴无闻先生遵夏先生遗嘱，又托蒋先生带去一万元，赠给下灵岩村，兑现其“重谢”之诺。夏承焘先生身后实现了与夫人游淑昭相约“头白同归雁荡山”的夙愿。

参考文献

《槐南集》(〔日〕森健郎编，日本博文馆，明治45年)

《人间词话》(王国维撰，徐调孚校注，中华书局，1954年版)

《文心雕龙校注》(刘勰撰，杨明照注，中华书局，1961年版)

《辛弃疾》(夏承焘、游止水著，中华书局，1962年版)

《治学偶得》(中国科学院浙江分院语言文学研究室编，浙江人民出版社，1962年版)

《唐宋词选》(夏承焘、盛弢青选注，中国青年出版社，1962年版)

《十老诗选》(中国青年出版社，1979年版)

《文镜秘府论》(〔日〕遍照金刚著，周维德校点，人民文学出版社，1980年版)

《全宋词》(唐圭璋编，中华书局，1980年版)

《鲁迅诗歌注》(修订本)(周振甫注，浙江人民出版

社，1980年版）

《中国文学在日本》（郑清茂著，台北文裕印刷有限公司，1981年版）

《放翁词编年笺注》（夏承焘、吴熊和笺注，上海古籍出版社，1981年版）

《域外词选》（夏承焘选校，张珍怀、胡树淼注释，书目文献出版社，1981年版）

《励耘书屋问学记——史学家陈垣的治学》（生活·读书·新知三联书店出版社，1982年版）

《学人谈治学》（浙江日报编辑部编，浙江人民出版社，1982年版）

《中国当代社会科学家》（北京图书馆《文献》丛刊编辑部、吉林省图书馆学会会刊编辑部编，书目文献出版社，1983年版）

《于右任诗词集》（杨博文辑录，湖南人民出版社，1984年版）

《日本词选》（彭黎明、罗珊选注，岳麓书社，1985年版）

《唐宋词通论》（吴熊和著，浙江古籍出版社，1985年版）

《词话丛编》（唐圭璋编，中华书局，1986年版）

《中日关系史纲》（杨考臣主编，上海教育出版社，1987

年版）

《东方比较文学论文集》（卢蔚秋编，湖南文艺出版社，1987年版）

《灵谿词说》（缪钺、叶嘉莹合撰，上海古籍出版社，1987年版）

《夏承焘教授纪念集》（吴无闻编，中国文联出版公司，1988年版）

《野村篁园馆柳湾》（〔日〕德田武注，江户诗人选集，日本岩波书店，1990年版）

《日本汉诗发展史（第一卷）》（肖瑞峰著，吉林大学出版社，1992年版）

《陈亮研究论文集》（永康市陈亮研究会编，杭州大学出版社，1994年版）

《浙江教育名人》（谢恩光主编，浙江教育出版社，1994年版）

《中国大学人文启思录》（本书编委会编，华中理工大学出版社，1996年版）

《毛泽东诗词全集详注》（付建舟编，山西高校联合出版社，1996年版）

《杭州大学校史》（修改本）（杭州大学校史编辑委员会编，1997年版）

《杭州大学教授志》（郑小明、郑造桓主编，杭州大学出

版社，1997年版）

《夏承焘集》（浙江古籍出版社、浙江教育出版社，1997年版）

《温州市志》（张志诚主编，中华书局，1998年版）

《日本填词史话》（〔日〕神田喜一郎著，程郁缀、高野雪译，北京大学出版社，2000年版）

《一代儒宗——马一浮传》（滕复著，杭州出版社，2004年版）

《艺术人生——走近大师·陆维钊》（邢秀华、鲍士杰著，西泠印社出版社，2005年版）

《浙大的大师们》（杨达寿等著，中国经济出版社，2007年版）

《浙大的学子们》（杨达寿等著，中国经济出版社，2007年版）

《感怀浙大》（单泠编，浙江大学出版社，2007年版）

《海外中国学评论》（朱政惠编，上海辞书出版社，2008年版）

《日本三家词笺注》（森槐南、高野竹隐、森川竹磎著，张珍怀笺注，黄山书社，2009年版）

《大师绝响》（张世林编著，北京联合出版公司，2011年版）

《浙江大学中文系系史》（吴秀明总主编，吴笛、陶然、

黄健主编，浙江大学出版社，2011年版）

《夏承焘年谱》（李剑亮著，光明日报出版社，2012年版）

《分类两宋绝妙好词》（喻朝刚、周航主编，生活·读书·新知三联书店，生活书店出版有限公司，2015年版）

《夏承焘学案》（胡可先主编，浙江大学出版社，2018年版）

《瓯风》（方韶毅主编，文汇出版社，2018年版、2019年版）

《夏承焘墨迹选》（方韶毅编，浙江人民美术出版社，2020年版）

后　记

1986年5月21日上午，我怀着十分沉痛的心情在北京八宝山革命公墓礼堂送别了尊敬的夏承焘先生。第二天，去北京团结湖中路南一条一幢向师母吴无闻先生辞行。临别时，师母赠我一本《励耘书屋问学记》，嘱我写一些回忆夏先生的文章。

1988年5月12日上午，夏先生陵墓落成后，师母在杭州逗留期间，我陪她去杭大新村4幢4号夏先生旧居前后转了又转，又陪她到夏先生最欢喜去散步的杭大路和曙光路走了又走，还陪她到中国科学院浙江分院语言文学研究室旧址（杭州大学东二教学楼四楼西首）看了又看。一路上，师母又嘱我多写些关于夏先生的文章。

我确也想写一些关于夏先生的文字。我在夏先生身边曾连续学习和工作过多年。承蒙夏先生不弃朽木，令我近闻謦欬，时获亲炙。至今依然音犹在耳，教犹在心。然我冥顽不灵，愚氓难训，学而无成，愧对恩师。倘能写一点回忆文字，或许既是一种补课形式的重新学习，也是一种报答教诲之恩的难得机会。

可是，一回到工作岗位，我就好像走进了医院的急诊室和铁路的中转站，杂务连连，终日昏昏。每天从疲惫中开始，又从更疲惫中结束。我曾想，写成一部分文字就寄请师母审正。可是，万万没有想到，一个深秋的傍晚，突然接到吴常云兄传来的噩耗：师母吴无闻先生因病于1988年11月14日在北京仙逝。真是万料未及！师母不仅是一位著名的新闻工作者，更是一位素养深厚、治学严谨的学者，为我国词学事业的研究和发展，默默无闻地做出了可贵的贡献。师母不仅在生活上给夏先生以无微不至的关心和照顾，更重要的是在学术上给夏先生以极大的支持和协助，使夏先生晚年在著述和创作方面又出现了一个难得的新高潮，为我国词学事业增添了弥足珍贵的财富，也为词学宗师的一生勋劳画上了圆满的句号。

师母故世后，我更感精神压力加大。虽然我也写了一些文字，但零零碎碎，难以缀成连贯像样的篇章，这更使我感到她的殷殷叮嘱时时萦回于耳际。因此，近年不得不利用治病的空隙，将陆续写成的有关文字，抓紧进行修改，再根据自己的构想，补写了不少文字，汇集成本书《词学宗师夏承焘》。

在这个郁积久久的难产之作将要付梓之际，我的心情自然难以平静。

谨此向浙江教育出版社致谢！向审读工作十分认真，纠正了书稿中不少错误的责编冯傲雪女士致谢！

谨此向将本课题立为“文艺精品工程扶持项目”的杭州市文联致谢！

谨此向教我者、启我者、助我者，再次深致难以尽表的谢忱！

仍望得到更多的批评指正！

陆　坚

2021年5月11日

夏承焘先生逝世35周年纪念日

于浙江大学西溪校区

图书在版编目（CIP）数据

词学宗师夏承焘 / 陆坚著. -- 杭州 : 浙江教育出版社，2023.11
ISBN 978-7-5722-5750-6

Ⅰ. ①词… Ⅱ. ①陆… Ⅲ. ①传记文学－中国－当代 Ⅳ. ①I25

中国国家版本馆CIP数据核字(2023)第201810号

词学宗师夏承焘

CIXUE ZONGSHI XIA CHENGTAO

陆 坚 著

责任编辑 冯傲雪　美术编辑 韩 波
责任校对 胡凯莉　封面设计 薛 蔚
责任印务 吴梦菁
出版发行 浙江教育出版社
（杭州市天目山路40号 电话：0571-85170300-80928）
图文制作 杭州兴邦电子印务有限公司
印　　刷 浙江新华印刷技术有限公司
开　　本 890mm×1240mm 1/32
印　　张 6
插　　页 5
字　　数 150 000
版　　次 2023年11月第1版
印　　次 2023年11月第1次印刷
标准书号 ISBN 978-7-5722-5750-6
定　　价 68.00元